GOBOOKS & SITAK GROUP ©

GOBOOKS
& SITAK
GROUP©

三日月書版

三日月書版

狐狸娘!

FOX SPIRIT

vol.4

Author 哈皮

Illust. 水佾

輕世代
FW319

三日月書版

FOX
SPIRIT
C·O·N·T·E·N·T·S

璃
幼年型態
狐狸精(金毛)
Age / 438歲
Height / 101cm
Weight / 17kg
Nickname / 孔璃、迷你璃、小璃
Job / 米蟲
FOX SPIRIT

璃
成年型態
狐狸精
Age / 438歲
Height / 162cm
Weight / 46kg
Nickname / 孔璃、迷你璃、小璃
Job / 米蟲
FO
SPIRIT

FOX SPIRIT

>>> Chapter.1_陰謀總是錯綜複雜、撲朔迷離，讓我們繼續看下去

放過一命的對象此刻竟然倒在血泊中，四肢微微抽動。孔天強原以為一槍爆頭殺不死蚯蚓精，但是在阿土靜止不動後，他知道對方是真的死了。奇怪的是，阿土的臉上沒有任何痛苦或驚訝，他看上去十分平靜，似乎早就料到會有這樣的下場。

畢竟，他是叛徒，這樣的暗殺遲早會來。雖然快得出乎意料，至少他沒有任何遺憾了。他已經確定黑皮蚯蚓精一族能夠生存下去，他的屍體將化為成長的養分，讓一族的血脈繼續成長茁壯，這樣的死亡交易一點都不吃虧。

阿土身邊此刻站著一團黑影，輪廓模糊，但是孔天強可以看見對方舉著一把槍。那把槍肯定是凶器，而且再仔細一看，還是端木家生產的武器。

黑影也馬上發現孔天強和璃的存在，二話不說向兩人連開三槍，孔天強卻不逃也不躲。他能清楚看見妖力子彈的軌跡，並立刻進入妖化外裝的戰鬥狀態，全身散發著足以讓普通妖怪寸步難行的駭人殺氣，接著雙拳一揮，黑色火焰立刻啃蝕掉三顆子彈。

阿土的死讓孔天強有種失去了什麼的感覺，這讓他非常不開心。

「和那位大人說的一樣……」那黑影緩緩開口，略帶沙啞的聲音明顯屬於男人。雖然有著相同的氣息，但並非上次吃璃一記飛踢的那道黑影。

「汝這感覺，是那傢伙的同類吧？」璃也發現對方的身分，火紅的雙眼一瞇、緊盯著對方。過去交手過數次，她非常清楚蜘蛛精對付起來是件多麼麻煩的事。

「你們到底有什麼目的……」孔天強握緊雙拳，眉毛倒豎瞪著阿土的屍體，明明是聞習慣的血腥味，此刻卻讓他非常不舒服。

「將死之人不用知道這麼多。」那團黑影語畢，孔天強兩側的土牆瞬間崩落，左三右二，五道黑影從中竄出。這些刺客來勢洶洶，手中的短劍淌著紫色的不明液體，一滴落地面立刻冒出白煙。

六道黑影帶著強烈的殺氣，但璃也嗅到明顯的緊張。即使對手人數較多，還拿著殺傷力不明的武器，孔天強卻一點都不慌張，在六人一擁而上時輕鬆閃過所有攻擊。此刻孔天強發現自己控制法力的精確度比先前更高，身體也因此更加靈活，敵人的動作看起來十分緩慢。

只是轉換心境，眼前的世界立刻截然不同，即使如此，還是無法遏止孔天強的憤怒。

阿土明明如此替族人著想，最終卻死於非命。

黑色火焰在半空中留下殘像，孔天強的雙拳如同擁有了自我意識，穿過暗殺者之間的空隙、角度刁鑽地擊中對手。暗殺者一中拳，就像被拍死在桌上的昆蟲一樣，立刻成為土牆上的一團肉醬，噴濺出黏呼呼的綠色汁液，最後全數成為黑色火焰的燃料。

拳頭接觸到實體時，孔天強弄清了黑影的本質，並推斷出對方來自哪一個群體。

「汝啊——」就在孔天強打算審問剩下來的暗殺者時，璃淒厲的尖叫聲打斷了他：「汝居然——」

以為她被偷襲，他立刻緊張地轉身，但是沒有看見其他敵人，只有一臉綠漿翻著白眼的狐狸精。

「汝知道、汝知道這觸感究竟有多噁心嗎！好險咱現在沒穿衣服！要不然咱一定咬死汝！」璃吼著走上前，一臉氣憤地拉起孔天強的衣服，企圖抹掉身上那些氣味噁心且觸感不佳的液體。「可惡，好黏好臭！汝究竟搞什麼鬼！」

「……我以為野獸不會在意。」孔天強愣了愣，緩緩吐出這句話。斜睨著那條不斷晃動的尾巴，他知道璃只是在演戲，或許真的覺得噁心，但絕對沒有表現出來的那麼誇張，十之八九又是有什麼鬼點子。

「就算咱是野獸，但咱也是雌性，既然是雌性，那就有義務隨時隨地在心儀的雄性面前展現魅力！」璃吐出準備好的臺詞，大力吸幾口孔天強的衣服後仰起頭，火紅的狡黠大眼盯著他，那張漂亮臉蛋和緊貼的兩團柔軟，讓他緊張地挪開視線。「汝此刻有感覺到咱的魅力嗎？」

他很清楚如果不提出一個讓璃滿意的答案，眼前這隻狐狸精一定會不顧場合地一哭二鬧三上吊，但是老實說出口又讓他十分彆扭，因此猶豫著。

「汝啊，可別趁這時候企圖逃跑啊。」璃的眼神瞬間變得銳利，聲音帶著明顯的不悅：「為何要破壞咱製造出來的氣氛？」

孔天強抓住機會撇開頭，試圖逃跑的最後一名暗殺者被他一瞪，明顯地顫了顫，脖子僵硬地緩緩回頭。

璃不滿地咋舌，孔天強刻意裝作沒聽見。

「這種黑絲線和毒短劍，加上綠毒液，你們是『八足』的蜘蛛精，隸屬麒麟會的暗殺組織。」孔天強憑記憶拼湊起現有的線索：「也是白盤合庫負責銀行保全的單位。」

「白盤合庫？」璃的雙眼一亮，耳朵挺直、尾巴豎起：「所以汝等也有參與其中？」

眼前的局面讓暗殺者知道自己只有逃跑一途，只要想辦法拖住他們幾秒，他就可以遁入土中。只要進到土內，就算是黑色火焰的影魅也一定追不到他。

暗殺者重新擺出戰鬥姿態欺敵，這也是孔天強想要的反應。

「……揭穿『八足』之人殺無赦。」暗殺者低吼，卻在起步之際向前撲倒，緊接著一陣劇痛襲擊他的神經，低頭一看，左腿竟然留在身後噴著血花，身上的傷口處覆蓋著明顯的焦痕，雖然痛不欲生但止住了噴湧的血。「啊……啊啊——！」

到底是怎麼回事？突然被剝奪行動能力讓暗殺者驚恐地尖叫出聲，事態的變化完全出乎他的意料。

「咱和一開始沒有法力時不同了，這種程度的對手，隨便殺就是一片。」對上孔天強那略帶驚訝的視線，璃的小臉一沉、緩緩走向前。她的身邊出現一叢一叢的狐火，搖曳的火光讓她臉上的憤怒看起來更加駭人。「孔天強，咱不能讓汝殺了他，咱有事情想問。」

雖然只有一瞬間，但那龐大的妖氣和殺氣讓孔天強本能地一顫。此刻的他完全無法將眼前的璃和當初那隻弱小狐狸精畫上等號，當時宛如風中殘燭的幼女妖怪竟變得如此強大，已然是「大妖怪」的等級，他甚至無法確定若是他們兩人開打獲勝的會是誰。

充滿野性的妖氣也讓孔天強擔心起來，等璃取回最後一部分的妖力後，她會強大到什麼地步？會不會露出本性、成為邪妖？然而一想到那張吵著要吃甜甜圈的任性小臉，他便暗自嘲笑自己的多慮。

璃絕對不會成為邪妖，孔天強相信她不會為了那份邪性背叛人類，導致沒有甜甜圈吃，也相信她不會肆意破壞，以免不小心破壞掉任何一間甜甜圈店。雖然真身是野獸，但是他很清楚璃思考得比人類還要多、做事也比人類還謹慎，所以她不會單純為了破壞而行動。

「汝等將咱的妖力藏在何處？」那對火紅雙瞳微微一縮，暗殺者的眼中映照出妖異的火光，停止了痛苦的掙扎，仰望著璃傻笑。雖然很久沒有用這招，但看著暗殺者的反應，璃知道自己成功了。「汝立刻告訴咱。」

察覺到妖力的波動再加上暗殺者的反應，孔天強知道這就是真正的狐狸精魅術，也就是被麒麟會拿來濫用的妖術。從古至今都有文獻記載著狐狸精魅術的厲害，但沒想到居然能夠到達讓人忘卻疼痛和恐懼的程度，也難怪麒麟會會企圖用這來「製造」士兵。

「親愛的大人，這不是您負責的嗎？」如同夢囈一般，暗殺者低聲自喃：「您不是害怕被李星羅知道位置導致情報外流，所以自己將東西藏起來了？」

「咱現在是誰？」一看問不到答案，璃立刻換了問法。反正不管對方是誰，只要到時候抓起來用魅術審問就好。

「大人是……『八足』之首……」話還沒講完，暗殺者的呼吸突然變得沉重，接著發出嗯嗯啊啊的怪聲，像是被什麼東西哽住了。璃微微揚眉，動了動鼻子後便知道了原因。

「汝這樣躲在暗處偷聽，有何意義？」火紅色的雙瞳看向地面：「咱已經發現汝的存在了。」

對方沒有回應，突然一把長劍由地面鑽出、瞬間貫穿暗殺者的身軀。

「什……」璃見苗頭不對立刻往後一躍，下一瞬間大量匕首從她原本站立的地面射出，在天花板上直沒入柄。

孔天強立刻護到璃的身邊，雙拳燃起火焰，警戒著四周。方才攻擊發動的瞬間，他查覺到了非常微弱的妖氣，現在卻一點妖氣都感受不到。孔天強的眉頭皺得更緊，他相信對方不會這麼簡單就離開。

「奴家的妖力明明隱藏得很好，為何還會被發現呢？」聲音由下傳出，敵人明顯還在地面之下，孔天強知道這就是傳聞中「八足」擅長的「地隱暗殺術」。

「就算汝的妖力藏得很好，身上的臭味卻一點都藏不住。」璃盯著地面抽動鼻子，隨著氣味再次捕捉到對方的位置，此刻就在他們的正下方。「不過汝還真狠心，就這樣殺掉自己倖存的手下。」

「會洩漏掉情報的手下一點都不適合暗殺者。」

「方才他什麼都還沒有說耶。」

「奴家早就在他們體內動了點手腳，凡是打算說出奴家名字的人就會中毒而死，只是憑著妳的實力，奴家認為親手了結他比較安全一點。」

「汝等還真是心狠手辣。」璃一臉不屑地哼了口氣，然後緩緩地說：「咱知道汝現在就窩在咱們腳下，還不打算現身？」

「奴家可是暗殺者，妳有看過站在燈光下的暗殺者嗎？」

「當汝消除不掉身上的臭味時，就是不合格的暗殺者了。汝其實是享受被咱踩在腳下的感覺吧？」

「……就算被發現了，妳抓不到奴家也無法對奴家怎樣。這樣四處都可以躲藏的場地是奴家專屬的獵場，你們只有被獵殺的份。」

「汝就這麼害怕咱，不敢和咱正面對決？所謂的暗殺者之首還真是膽小呢。」

「這麼簡單的挑釁，難道認為奴家會上當？妳還是一樣愚蠢啊，狐狸精，無論是現在還是兩百年前。」

「咱可不記得在兩百年前認識汝。」八足首領的話讓璃的耳朵明顯地抽動幾下，火紅的雙眼一瞇，腦袋轉了幾圈後說：「汝該不會知道咱在兩百年前被那個臭道士誤會的原因吧？」

「想知道真相？奴家偏偏不告訴妳。」

「求求汝告訴咱——汝該不會天真地認為咱會這樣求汝吧？其實那早已無所謂了。」璃緩緩地晃動尾巴，臉上竟露出笑容：「咱反而還得謝謝那真正的犯人，若非對方的存在，咱不會有這樣的際遇，也不會遇見孔家姐弟。」

璃的聲音聽不出任何虛假，真誠得讓八足首領忍不住咋舌。

「真是蠢狐狸啊，根本就是我等東方妖怪的恥辱。」

「隨汝說嘴，咱無妨。這些也都是咱的事情，咱開心就好，豈有汝插嘴的餘地？還有，汝若是不打算和咱打，為何還在這裡浪費咱們的時間？咱總嗅到陰謀的味道，汝是在拖時間對吧？」

但是這次八足的首領沒有回應，同時璃也聞不到那份氣息了。

「走了嗎……」璃皺起眉，轉頭看向孔天強：「汝怎麼看咱方才的表現？還有咱不在意的理由？」

孔天強看著璃，不太明白她真正想問的東西。看著孔天強略帶困惑的表情，璃忍不住嘆口氣，感嘆那個「讓她對過去釋懷的原因之一」的笨拙。

「當咱沒問，咱真是傻瓜。」璃大力甩了下尾巴：「總之，為了處罰汝未察覺到咱的意思，汝要再多買一盒甜甜圈補償咱！」

「……喔。」孔天強完全不知道自己到底是忽略了什麼，但沒打算反抗。事到如今，兩盒和三盒甜甜圈已經沒什麼差別了。

孔天強繼續調查犯罪現場，很快就在被八足首領制裁的暗殺者身上找到一把槍。不出所料，那是一把靈彈槍。

無庸置疑，端木家或是某個妖怪獵人正在提供這樣的武器給妖怪們。

「李星羅，你沒有賣這種東西，對吧？」為了避免推論錯誤，孔天強決定親自詢問那個奸商。

「喀喀喀，小兄弟啊，我已經盡量隱藏氣息在裡面搜刮戰利品，沒想到還是被發現了。」寶物庫內立刻傳來李星羅的聲音。

雖然李星羅盡可能地隱藏，但是早在璃和八足的首領對話的時候，孔天強就察覺到寶物庫內傳來鬃狗的氣息。發現行蹤曝光後，李星羅也不打算放輕動作，直接在寶物庫內大肆搜括起來。

「這些不是戰利品。」孔天強瞥了眼阿土的屍體，緩緩地說：「滾出來。」

「這確實是戰利品喔！」李星羅沒有停下動作：「因為蚯蚓精的長老死了。」

「我沒殺他。」

「你雖然沒殺他，但是八足幹了。然後八足的人又被八足的首領殺掉，接著八足的首領又被你們趕走，所以這一些已經是你們的戰利品了。」

「咱不懂汝這是什麼想法，但是汝那臭味已經飄出來了，能快滾嗎？」璃嫌惡地對著寶物庫內大喊：「真的是臭死咱了，快滾！」

「這個想法就是妖怪商人的邏輯。」李星羅掛著噁心的笑容走出寶物庫內，手上拿著一個約手掌大小、裝著粉紅色液體的玻璃瓶：「這個我無法收購。」

李星羅的話換來兩人懷疑的眼神。

「好傷人啊，兩位。」嘴巴上雖然這麼說，但是他快皺在一起的醜臉上卻沒有任何受傷的表情，讓人忍不住懷疑他是不是跟林家昂一樣的被虐狂。「這東西叫做『復甦的妙藥』，是能讓人起死回身的藥品。」

孔天強一聽，立刻上前把東西搶走，然後走到阿土的身邊——

「死亡超過十分鐘的話就沒辦法使用了，這東西好用歸好用，卻還是有時間限制。如果能夠不記時限，那我拚了所有家當也會買下那罐藥水。」

「嘖……」

「汝說無法收購是什麼意思？」

「那藥水是約五百年前，由一個名叫威廉・莎士比亞的煉金術師做出來的東西。當時只量產一百罐，現在不知道剩下多少。數量稀少，再加上強大的功效，光是一小口藥水就要花上幾千萬美金，一罐的價值起碼有幾億……簡單來說，小兄弟正拿著能維持一個小國家運作的錢在做危險動作。」

「這東西有這麼厲害？」璃看向孔天強手上的祕藥，臉上露出好奇，尾巴也甩了起來：「那咱一口氣喝掉的話會發生什麼事情？」

「會怎樣我就不知道了，但所謂的『生命』其實就是『特殊法力或妖力的運作』，這個藥水就是藉由補充那份特殊的妖力或法力，讓喝下去的人復甦。在正常的狀況下喝下去，大概會因為力量平衡被破壞而造成死亡。這只是我的推測，要不然妳可以試看看啊？」李星羅嘿嘿一笑，視線往孔天強身上飄：「在妖怪上測試可能比較不準確，不如找比較脆弱的人類來實驗看看，您覺得如何？」

「汝在動什麼歪腦筋？」璃立刻擋到孔天強面前，惡狠狠地瞪著李星羅：「汝若是敢動咱的大蠢驢，咱一定和汝拚命到底。」

「『咱的』？唉呀，在我沒注意到的時候，你們居然發展成這種關係了嗎？」

「沒有。」

「沒錯。」

兩人同時開口，答案卻完全相反。孔天強馬上得到璃的白眼，璃也被孔天強瞪回去。

「這時候汝只要配合咱就好，別打亂咱的計畫！」

「配合什麼？」孔天強揚起一邊的眉毛。

「汝這時候應該說『我是她的大蠢驢』，咱才可以接下去說『咱是他的小狐狸』，這樣不是挺好玩的？」璃的尾巴大力甩動，但是在嘆了一口氣後便垂了下來：「這樣他也無話可說，汝卻破壞了一切。」

孔天強懷疑地看著她。

「真是毫不保留的態度呢，和某個吸血鬼截然不同。」看著他們的互動，李星羅忍不住大笑起來：「這樣很好，真的有價值……這筆交易真的很划算。作為讓我看了一場好戲的交換，我可以先替你們保管復甦的妙藥，在你們有需要的時候再還給你們。」

他從孔天強手中拿走復甦的妙藥，然後收到懷中。

「汝該不會想私吞吧？」

「我不會，這一點『我保證』。」

「那罐要歸還，這些不是戰利品。」

「小兄弟，腦筋別這麼死啊。理由我解釋過了，我也相信蚯蚓精也會無可奈何地接受，他們也是這樣四處掠奪才會有今天的寶物庫。」

「好了，汝已經拿到汝要的東西了，汝真的很臭，可以請汝快滾嗎？」

「唉呀，剛剛似乎有人有問題要問我呢，小兄弟？」李星羅無視璃的驅趕，視線停在孔天強手中的靈彈槍上。

「你的商品？」

「我再怎樣神通廣大，還是有沒辦法收購以及絕對不能收購的東西啊，孔天強。」李星羅難得沒有怪笑，醜臉露出嚴肅卻十分難看的表情：「妖怪獵人的符咒只有妖怪獵人能用，同樣的道理，妖怪獵人的武器其實只有妖怪獵人能用。這把槍會出現在妖怪手上並運用自如，就代表有被改造過，你不知道嗎？」

孔天強搖頭，這種事他還是第一次聽說。

「小兄弟，現在你知道了，所以別再懷疑我，去懷疑那些製造這樣物品並且有辦法調整的人。還有，雖然我行商的對象不分人類與妖怪，妖怪獵人的改造武器在黑市上也很搶手，但是只要販賣的話就會被妖怪獵人唾棄、被妖怪貼上『與妖怪獵人勾結』的標籤，所以我不會找這種沒賺頭的事情做。」

李星羅對會砸了招牌的「不能收購的東西」的解釋，讓孔天強意識到唯一的可能性，是有妖怪獵人勾結並販賣武器給妖怪，而且十之八九就是端木家。這一點若是傳出去，肯定會引起裡社會的巨大變動。雖然這不是最主要的目標，但是他知道自己不能放著不管，因此重新看向李星羅。

「說到這個武器，我最近收到一條有趣的情報，小兄弟有興趣嗎？」一嗅到錢的味道，李星羅又嘿嘿地笑了起來：「妖怪獵人與妖怪勾結的情報。」

「有誰買了？」

「妖怪會。」

一條情報的可靠程度可以從購買人來推斷，重要程度也可以憑此來推論，所以李星羅在販賣情報時絕對不會刻意隱藏這一點，因為他很清楚這是擴大生意時必要的「殺必死」。

孔天強馬上想到上次在妖怪會碰到端木家的人的事情，再加上妖怪會購買了這一條情報，那麼情況已經非常明顯。

既然如此，武器流通的規模為何？一共有多少武器在妖怪手上？李星羅一定有掌握相關的情報，否則不會將其當作交易的籌碼。

最近的動盪，加上這些武器在那些企圖惹事的組織裡流通，明顯即將有大事發生。

「我沒有那麼多錢。」孔天強說著一邊向璃使了個眼色，璃立刻注意到這一點，並且開始甩起尾巴。

比起能夠有「感覺很有趣的事情可以做」，讓璃更開心的是得到孔天強這個眼色、得到孔天強的信任。

「裡面的東西剛好抵債，你覺得如何？」李星羅的兩隻手開始互搓，屍體的皮屑因為他的行為而掉了一地，散發出更加濃烈的味道。

「汝啊，可以別這樣做嗎？咱的鼻子很難受！」璃立刻捏住鼻子叫著：「還有，汝剛剛說了要全部的東西抵債？汝是否已經忘記當初要給咱們公道價格的承諾？汝拿的東西肯定會超過情報的價值。」

「嘖嘖……」一聽見璃的話，李星羅臉上的笑容立刻消失：「沒有商人會喜歡太聰明的客人以及會殺價的客人，狐狸精大人，您兩者皆是啊。」

「咱也不奢望汝的喜歡。咱記得汝對商品的價格鑑定十分有自信，汝應該不會亂開價格就想蒙混過去吧？汝難不成想砸了招牌？」

李星羅的臉瞬間一僵，但沒多久後就大笑起來。璃看著那張難看的笑臉、聞著難聞的口臭，忍不住向後退了幾步，拚命壓抑想吐的衝動。

「這種拐彎抹角的殺價方式還真的是第一次見到，而且是用我說過的話把我封死，我就算想動歪腦筋也沒辦法了呢。一點賺頭都不給我，看來以後在妳面前說話都要小心一點才可以呢……」

「咱可是狐狸精，是狡猾的生物，所以企圖比咱還要狡猾根本就是痴人說夢，那滿滿的陰謀味道真是讓咱想笑，在咱面前要那些小聰明根本無用。」

「真讓人傷心，狐狸精啊，妳知道我剛剛那些算是誇獎嗎？我很少這樣真心誇獎人啊，真羨慕能夠被這樣漂亮且聰明的女人喜歡上的男人。」李星羅意有所指地看著孔天強，然後嘿嘿地笑起來：「總之交易算是成立了，我會明確地審視裡面東西的價格，到時候會再找你們。」

「現在不行？」孔天強看著他。

「放心吧，小兄弟，我不是找藉口開溜，你這樣懷疑我讓我有點難過啊。談成的生意我一定會做。」李星羅說著，一邊往角落的陰暗處走去：「但我可不會隨身攜帶那些情報，總要有一點時間準備啊。」

「大概什麼時候？」

「時機成熟的時候就會去找你，放心吧。」李星羅嘿嘿地笑了起來，接著丟了一句讓人匪夷所思的話：「還有，如果我是你，我絕對不會碰那一把槍。」

FOX SPIRIT

>>> Chapter.2_ 警察抓犯人天經地義，然後犯人總是喊冤

「叮咚！」門鈴聲傳來，讓孔天妙嚇了一跳。她擦了擦嘴角的口水、看了眼電視上依然播著的韓劇，然後控制輪椅往門口移動，一邊想著這個時間到底是誰來按門鈴。

「妙姐。」門一開，抱著一束鮮花的孔天虎擠著臉上的肥肉笑著說：「近來好嗎？」

「不好。」孔天妙立刻甩上門。

「叮咚！叮咚！叮咚！叮咚！叮咚！叮咚！叮咚！」接著就是一連串的電鈴攻擊，孔天妙深吸一口氣，只能再次開門。

「妙姐，妳這樣太過分了吧？」

「和你們對天強所做的相比，哪裡過分了？」

「嘖，那又不一樣。」

「對啊，你們比較過分。」孔天妙嘆了一口氣：「所以，你今天來有什麼事？」

「沒有啊，就只是來看妙姐過得好不好。」孔天虎把手中的花束遞到她面前，那是一束香水百合，帶著濃烈的香味。「這是給妳的禮物。」

「少來。」孔天妙沒有收下花，反而用更緊戒的眼神看著孔天虎：「你到底想做什麼？」

「沒有啊，只是來關心妙姐而已。」他的眼神飄忽不定，不管誰來都看得出他心裡有鬼。

「這麼多年來，你還是第一次登門來關心我，所以你覺得這樣說，我就會相信？」

「呃……」

「你到底是來做什麼？如果要我回孔家，不好意思，只要本家依然不接受天強，那我一樣不會接受本家。」

「妙姐，醒醒吧，孔天強……」孔天虎才剛開口，就被孔天妙的眼神嚇得把話吞回去，他大力嚥了嚥口水、刻意清了清喉嚨之後，才接著說：「妙姐，我原本不想這麼說，但是妳現在必須跟我走。」

「憑什麼？本家不會出現什麼非我不可的狀況吧？」孔天妙用無比堅定的眼神盯著他反問：「天強是我最親的弟弟，我們是至親血脈，沒有他的孔家就不會有我。」

「妙姐，這樣說不對吧？我也是妳的弟弟啊！」

「嗯，本家的弟弟，但說穿了也就是親戚，和親手足還是有差別。」

「有、有必要分得這麼清楚嗎？」

「分得最清楚的不就是本家嗎？總之，如果要我回去的話……」

「妙、妙妙——！」璃的尖叫聲突然傳來，孔天妙立刻從被孔天虎擁腫身材擋住的走廊縫隙間看到一臉慌張的狐狸精，璃也馬上認出那肥胖的背影是誰。「汝為何在這裡！」

「咦，妳是？」璃的聲音引起孔天虎的注意，回頭看見衣衫和頭髮均因為匆忙而變的雜亂的狐狸精，仔細打量一陣後，視線最終落在璃的胸口。「我不記得我認識妳這樣的美女耶，嘿嘿。」

上次見面時璃是幼女的型態，也難怪他不記得，而且色心大發的孔天虎根本沒有注意到璃身上的妖氣。

「小璃，怎麼了嗎？」平時沉穩冷靜的璃第一次這麼慌張，孔天妙推開孔天虎：「怎麼只有妳？天強去哪裡了？」

「孔、孔天強被人抓走了！」璃一副焦急得快哭出來的模樣：「那些人突然就來把大蠢驢抓走，就和這死胖子一樣，是來自機構的傢伙。他們硬是誣賴孔天強殺人！」

這瞬間，孔天妙明白了孔天虎所說的「必須跟他走」究竟是什麼意思了。孔天強肯定是被機構抓到了什麼把柄，或是不小心掉入陷阱。又或者，這其實是孔家逼她回去的手段。

「你們居然敢用這種方式對天強下手！」她沉下臉瞪著孔天虎，那殺氣讓他本能地退了好幾步。「我記得我警告過你們不准對他下手，對吧？」

「這次也沒辦法啊，妙姐，妳都不知道孔天強是殺人現行犯啊！我們接到報案，有不知名的妖怪獵人殺了蚯蚓精的長老，結果一到場才發現居然是孔天強。現場真慘啊，不只蚯蚓精的長老，就連長老從蜘蛛精那裡請來的保鑣也全被他殺了！」

「汝騙人，汝所言的每一個字都充滿謊言的味道！」璃低吼著彈出耳朵和尾巴，嚇了孔天虎一跳，接著她的身邊開始出現一叢叢的青色狐火：「汝若是再不把孔天強還來，咱一定會把汝燒得屍骨無存！」

「臭、臭妖怪，妳在說什麼東西！」孔天虎這才從對方的美貌中驚醒，那瞬間爆發出來的妖氣讓他的嘴巴雖硬、身體卻本能地流出冷汗：「我們、我們只是依法行政……」

看著快要噴出火來的眼神，孔天虎越說越心虛，聲音也因此越來越小，他只能迅速挪開眼神，以免等等因為恐懼而說出真相。在一旁的孔天妙看了孔天虎的表情和反應後，馬上就分辨出誰說的才是真話。

「就是汝等設了圈套給孔天強，對吧？汝等找人殺了長老後，知道孔天強一定會搜索現場找線索，所以等著誣陷他。汝等為何要陷害孔天強，從實招來！」

「就、就說我沒有了……哇啊！」話才說到一半，璃的狐火立刻往他身上砸，孔天虎擁腫的身軀在狹小的走廊上移動起來非常不方便，差那麼一點點就要被狐火砸中。

「妳、妳居然敢攻擊我！妳知道我是誰嗎？我是孔家的妖怪獵人孔天虎！是孔家三本柱！也是機構的成員……」

「汝該不會天真地認為咱是技術因為不佳才丟歪的吧？下一次咱可不會留情了，而且狐火也不會只有一顆。」

璃此刻的聲音除了原本的甜美外還帶了妖音，粗重且略有電子音效的失真感，每一個字都帶著明顯的殺氣。那對火紅的瞳孔縮小並帶著強烈的敵意，尾巴和耳朵豎直，金色毛髮全部豎起，充滿魄力的模樣讓孔天虎瞬間不敢再開口。

「小璃，夠了。」

孔天妙知道璃真的會把眼前的肥豬變成烤肉，立刻出聲制止她。

「汝……」

那對凶狠的目光就算轉到孔天妙身上也沒有減少任何銳氣，璃原本想抗議，但一見到孔天妙不安地敲著扶把的手指以及擔心的神情，馬上明白她雖然看起來很冷靜，其實心底已經慌成一團，只是敵人在前而不能表現。璃意識到自己有多不成熟。

「妙妙，汝打算怎麼做？」

「你們原本和家光在一起吧？」

「此處有外人。」

「沒關係，妳說吧。」

「那男人在送咱回來後就離開了，他說會找妖怪會協助。」

「哼，就只是一個ＮＧＯ，根本無權干涉我國的司法！只要妙姐配合，就可以解決了，不是嗎？」

「就是因為被一些不當人士隨意利用，司法才會失去價值。在家光走之前，他有沒有說什麼？」

璃沒有回應，就只是垂下頭。

「……小璃？」

「那男人說『現階段只能任由機構擺布』，要咱們接受機構的所有要求。」璃重新看向孔天妙，眼神充滿不甘心、語氣充滿不願意：「咱覺得不妥，但是現在的咱知道得太少，所以無計可施……」

「呵呵，就算是世界最大的國際組織，說穿了也就是NGO而已，不管勢力有多龐大，在司法面前也還是只能閉嘴啦！」孔天虎得意地說：「不過，妙姐妳要先搞清楚，妳跟我們走並不是交換條件，我們也沒有把孔天強當成人質。如果孔天強是無辜的話，司法一定會還他清白的。」

「我要去看孔天強。」孔天妙開始往外移動輪椅：「可以吧？我覺得我有權這樣要求。」

「只要是妙姐的要求，網開一面也不是不可能。但是在那之後，妙姐，妳懂的。」

孔天妙明白劉家光會這麼說，是因為妖怪會現在無法出手。而且目前所謂的「司法」被機構掌握著，既然「權力」在他們手中，即使有辦法上訴，只要對方咬著「孔天強是罪犯」這一點就贏了。

「你們到時候要放了孔天強。」

「這個嘛，不是我說了算耶。」

「……我相信他一定是清白的。」

「妙妙，咱……」

「小璃，要麻煩妳看家囉。」孔天妙苦笑著打斷璃：「總不可以在天強回來時沒有人替他開門，對吧？」

「咱、咱……」璃垂下了耳朵和尾巴，用一副快哭出來的表情看著孔天妙。她知道現在的狀況就算自己跟過去也只是個阻礙，一點用途都派不上，因此她明白自己別無選擇。「咱知道了，咱會在家裡等著汝等回來！」

「謝謝。」孔天妙輕聲說道，然後滑著輪椅越過璃來到電梯前。她冷著臉看向孔天虎，臉上已經沒了方才的溫柔：「所以，現在能走了嗎？」

「當然啊，妙姐！」

孔天虎笑得像團肉球，也想越過璃跑向電梯，但璃迅雷不及掩耳地伸出腳並快速收回，讓他在地上滾了好幾圈才停下，完全沒有發現是璃絆倒了自己。

璃沒有回頭恥笑他，很清楚現在回頭一定會見到孔天妙，屆時十之八九會改變主意硬跟上去。那對火紅的雙眼看著眼前空蕩的屋子，很清楚這絕不是自己想要的結局。

「真是的，妙姐妳看我真的太興奮了，居然在這種平地跌倒。」孔天虎說著爬起來，站到孔天妙身邊。

電梯一到，他立刻伸手要推孔天妙進電梯，卻被她巧妙地躲開。在一樓出電梯時也一樣，這讓孔天虎十分懊惱。

大樓外頭停了一輛黑色的廂型車，孔天虎想再抓住機會表現，伸手要扶孔天妙上車，卻被孔天妙甩開手、瞪了一眼，他只能自討沒趣地幫忙收輪椅。

然後，孔天虎開著車，兩人很快抵達了機構總部。

「姐、姐姐！」孔天妙一進機構總部，被銬在牆邊的孔天強立刻注意到她，一臉驚訝地喊道：「為、為什麼妳會在這裡……」

「說來話長啦，先別說這個，你還好嗎？」

「……姐，妳快回去。」一見到跟在孔天妙屁股後的孔天虎，他立刻明白現在的情況，臉色瞬間一沉：「我很快就會出去的，妳放心。」

「如果可以的話，就好了。」

孔天妙皺眉苦笑，那抹笑容瞬間讓孔天強的胸口像被什麼揪住一樣痛苦。

這不是孔天強想要的結果。

「有本事就衝著我來，別拖姐姐下水，你們這些卑鄙小人！」

「再罵就是妨礙公務和公然侮辱！」孔天虎嘴上雖然這麼說，卻還是向後退了好幾步，孔天強身上的殺意和眼神中的戾氣讓他本能地害怕。「不、不過因為有妙姐幫你說話，所以就算了，我很大方的，你要感謝我！總之，你們只剩下幾分鐘可以講話了，記得好好珍惜……別瞪我！」

「你……」

「天強，夠了。」

孔天妙打斷了孔天強，緩緩從輪椅上站起，刺骨的疼痛直竄腦門。就算如此，她還是站挺了身體，如學步的嬰兒般艱難地走向孔天強，最後將他抱住。

雖然只有三步的距離，感覺卻無比遙遠，每一步都十分吃力。但孔天妙還是咬著牙走完，只為了能在最後給孔天強一個擁抱。

在被抱住的那瞬間，孔天強數年未曾落下的淚水奪眶而出，他清楚地感受到孔天妙的體溫以及心跳。這可能是最後一次的擁抱，雖然不想放開，但此刻的事態逼他不得不放手。更可悲的是，一手被銬住的他連在最後都無法好好擁抱孔天妙，無法緊緊地抓著她。

「妙姐，我們該走了。」

看著眼前的畫面，孔天虎感覺無比礙眼。他從小就崇敬孔天妙，卻一直得不到和孔天強一樣的重視，因此才將他視為眼中釘，恨著、忌妒著，想盡辦法除掉他。

「小璃……她還在家裡等你回去。」孔天妙在孔天強的耳邊輕聲說道：「所以你一定要回家，別跑到孔家去鬧事喔！」

「可是……」

「沒有什麼好可是的，你很清楚，跑回孔家並不會有任何好處，我們現在就只能等待機會。」

「但……」

「就這樣吧。」孔天妙放開他，對著那張哭得看不出原來帥氣模樣的臉說道：「黑色火焰的影魅哭成這樣子的話，一定會被妖怪嘲笑的喔？」

「嘖……」

孔天強立刻抹去臉上的淚痕，重新看向孔天妙。太多的話哽在喉嚨發不出聲，他只能看著孔天妙一步一步地離開自己，回到輪椅上後慢慢滑著離開。孔天虎故意用擁腫的身材阻擋在兩人之間，遮住孔天妙的身影。

「姐姐……」

「天強，就這樣吧。」

「姐、姐姐！」

「再見了。」

聽見孔天強的吼聲，孔天妙沒有回頭、也不敢回頭。她紅著眼眶、噙著淚水，很清楚如果自己回頭，下定的決心肯定會在瞬間崩潰。

孔天妙再次被送上黑色廂型車，孔天虎隨即發動出發。途中他不斷搭話，企圖轉移孔天妙的注意力，她卻一直沒有搭理，只是呆然地看著窗外，明白這是最後一口新鮮自由的空氣。

五年來和孔天強一同生活的點點滴滴一幕幕在腦海中閃過，先是剛離開孔家時死氣沉沉的氛圍、在孔天強加入賞金獵人協會後氣氛慢慢改善、接著大大小小的戰役導致她責備孔天強許多次，讓孔天強承諾往後的春節、情人節、清明節、中秋節和聖誕節都要留在家裡陪她。一起過年、一起吃情人節大餐、一起掃墓、一起烤肉和彼此交換禮物，這五年來已經習慣這樣的兩人生活，直到最近璃的加入，讓一切變得更熱鬧了。

這五年下來很不容易，現在卻輕而易舉地被人破壞，過去的努力全數都白費。

痛恨自己的無力嗎？

心魔在這時候出現了，每一次都在孔天妙脆弱的時候趁虛而入。

早一點接受我不就好了？

她冷冷地瞥了心魔一眼，卻沒有像過去那樣大力反駁。

放棄了吧？為什麼要過得這麼痛苦呢？事情明明就可以很簡單。

聽到這句話，她忍不住冷笑。

如果一開始就放棄的話，現在就不會這麼痛苦了啊！

這句話或許是對的、也或許是錯的，正因為努力過，才會知道先前的生活是那麼美好。所以這只是單純的蠱惑，因為沒有人可以給出標準答案。

最後的一點理性讓孔天妙能抗拒心魔的誘惑，同時間也讓她發現狀況有異。

車子依然在臺北市內行駛，但窗外的景色並非通往孔家，孔家是在另一個方向。

「你現在要去哪裡？」孔天妙赫然發現，自己的嗓子竟變得無比沙啞滄桑。

「什麼？」孔天虎裝傻地反問，並且加重踩油門的力道。

「你打算帶我去哪裡？不是要回孔家嗎？」孔天妙加重了語氣。

「呃，妙姐，我好像從來沒有說過要帶妳回孔家吧？是妳自己誤會了……我想帶妳去見一位大人物。」

「什麼大人物?別跟我說是臺北市長,市政府的方向也不是往這裡!」

「呃,我說的是『我們這個世界』的大人物。」

「到底是誰!」

「……王瑞麟先生。」

「王瑞……」孔天妙的雙眼瞪大,這個名字她再熟悉不過。

仇人。

殺父弒母、殺夫弒子的仇人。

麒麟會會長,神獸級妖怪・麒麟的其中一個化名。

這瞬間,孔天妙明白劉家光話中的真正含意。妖怪會並非真的無可奈何,而是需要找到更確切的證據,才會暫時按兵不動,並且要孔天妙隨他們擺布而行動。

但不管怎麼說,這口氣還是難以下嚥。孔天強辛苦尋仇五年,找到最後仇人居然就在身邊。孔天妙不敢想像,這些「血緣至親」就這樣把她的弟弟當笨蛋耍,就這樣躲在暗處嘲笑他的愚蠢。

「你應該知道我們和麒麟是什麼關係。」

孔天妙的臉色是孔天虎前所未見的陰沉,逼人的殺氣讓他涼出一背脊的冷汗。即使如此,他還是沒有改變目的地。

「不、不是有句話說『沒有永遠的敵人也沒有永遠的朋友』嗎？我認為……」

「從什麼時候開始的？」

「什、什麼從什麼時候開始的……」

「孔家和麒麟的勾結。」

「等等，妙姐，妳是不是誤會什麼了？孔家內跟隨麒麟大人的只有我，他承諾要讓我當下一任的孔家當家，但是比起我，我覺得妙姐更適合，比所有人都還要適合，所以我現在才會帶妳去見那位……」

「沒有人問你這個，回答問題！」面對如同邀功一樣的話語，孔天妙感到不屑，同時忍不住暗自冷笑，孔家再怎樣防也大概想不到，內鬼居然會是他們定義的「菁英」。

「大概三年前……我先說，不是我找他們，是他們自己找我的！因、因為麒麟大人認為我擁有孔家內最強的潛力，比孔家新一代的妖怪獵人更有資格成為下一任當家，只是因為我現在被大哥壓制住才會變成這樣。所以他們才主動說要幫我，這不是我的問題……」

從整個家族最弱的個體下手，這種老套的手法居然還會有人中招。這瞬間孔天妙反而同情起孔天虎了，不知道自己的錯誤、不承認自己的軟弱、不清楚自己的無知，就算被利用、被人賣了也還是乖乖地替人賺錢。

這下子孔天妙也大概推斷出麒麟找她的目的，是想利用她的地位來威脅孔氏一族。更正確地說，是要讓看起來最礙事的孔天強無法行動。

「天虎，回去吧，現在回頭還來得及。」

「妳在說什麼啊，妙姐？」孔天虎回頭向她一笑，笑容卻僵硬得十分不自然：「這是完美的合作，或者說是我在利用他們。這麼好的機會我才不會回頭，只要是為了妙姐，要我背叛整個孔家我也無所謂。而且那位大人還說，可以幫忙治療妳的腳，讓妳重新回到以前的狀態，這樣妳就可以再當妖怪獵人了！」

失去的東西本來就回不來了，就算回來了也不會是原本的那件東西。孔天妙知道孔天虎現在不會明白這個道理，因為他的眼神已經陷入瘋狂。

在這瞬間，孔天妙想起璃和她說過的那些話。

「對付心魔，最重要的是不害怕。汝越害怕，心魔就會越強，也代表汝越不信任那蠢驢。」

她相信不管在怎樣的危險之中，孔天強一定會來救她。

孔天妙突然莞爾，意識到當初孔天強撿回來的那隻狐狸精也住進她的心中了。瞥了眼正漸漸變得扭曲的心魔，她知道只要心中住著孔天強和璃，她就不會被心魔控制。

FOX SPIRIT

>>> Chapter.3_ 犬科生物的恐慌症破壞力十足

「哈囉！」

孔天強一離開機構，就碰到了滿臉笑容的劉家光。

「你終於出來了，我等很久了耶！請問被警察抓的感覺如何？」

「滾開。」孔天強狠瞪一眼，快步繞過他身邊。

「你要去救孔天妙，對吧？」劉家光只是這麼一問，就讓孔天強停下腳步。

「我只有這個選擇。」

「是喔？那請問一下你要去哪裡救人？要怎麼去？用走的？」劉家光露出不屑的笑容。孔天強回頭，凶狠的眼神足以嚇哭三歲小孩，但劉家光沒有畏縮，繼續丟出問題：「還有，你確定阿妙真的是被帶回孔家？」

「什麼意思？你們到底知道多少？」

「可以說什麼都知道，也可以說什麼都不知道。不過我知道，如果你真的想幫助阿妙，那就別輕舉妄動，乖乖照著我們的計畫走才是最好的辦法。」

「這一切都是你們的計畫？你們居然犧牲姐姐！」

「你想太多了。我們雖然制訂計畫，卻沒有完美控制的能力。我們沒有神通廣大到那種程度，阿妙的事情完全是預料之外。」劉家光盯著孔天強凶狠的眼睛，知道只有這樣才能夠讓他相信自己所言不假。「還有，在懷疑我們之前，請你先想一下到底為什麼會變成這樣。說穿了就是你掉入圈套，才會讓人有機可趁。」

凶狠的眼神瞬間充滿自責，孔天強沒有弄懂李星羅的警告，等意識到的時候，孔天虎已經帶著機構的人衝進來將他逮捕。直到那時，他才明白這一切都是圈套，對方早料到他會像螞蟻精那時一樣拿起槍調查，而蜘蛛精的作用則是拖延時間。

「如果有弄懂我的意思的話，就上車吧。」劉家光看了沉默的孔天強一眼，比了比路邊那輛白色的瑪莎拉蒂：「我也很想救阿妙，但現在除了相信妖怪會，沒有任何方法可以救她。」

孔天強皺著眉思考半晌，不情願地點了點頭，因不甘心而握緊的拳頭沒有任何放鬆。劉家光笑著拍了拍他的肩膀，笑容帶著苦澀以及不忍心。

平常雖然各種嘴毒，劉家光其實還是感到惋惜。看著孔天強，總是忍不住想起過世的弟弟。他原本可以和孔天強成為一家人，若非五年前的事情……

孔天強跟著劉家光一起上了車，白色瑪莎拉蒂在臺北市的街頭低吼，朝著孔天強住處的方向奔去。

「現在要做什麼？」稍微平復一下情緒後，孔天強再次開口：「姐姐不在孔家，是什麼意思？」

「說實話，其實我也不知道阿妙在哪裡，但潛伏在孔家的成員回報說孔天虎和阿妙都沒有回到孔家。不過我很確定我們必須照著原本的計畫走，所以接下來我們要先去攻擊一個地方。」

人。

劉家光決定說謊，若是讓孔天強知道孔天妙被帶去麒麟會的總部，他肯定會拚死去救人。

現在還不是時候。

「哪裡？」

「白盤合庫。」

「攻擊麒麟會的銀行？」

「說得這麼難聽幹嘛，好像我們是恐怖分子一樣。用比較現代化且光明正大還有點酷的名詞來解釋，就是『搶銀行』。」

孔天強完全不能理解這充滿犯罪氣息的三個字究竟哪裡「現代化且光明正大還有點酷」。

劉家光把車子停在孔天強住的大樓前，要孔天強確實做好準備。這次的任務和以往不同，並非孔天強擅長的夜襲，而是光明正大地從大門進去讓對手措手不及。

「一定要等到明天？」

「這個時間銀行早就關門了。」劉家光把手腕上的手表秀給他看，此刻已經是下午六點二十三分。

「一定要光明正大？」

「只能光明正大。放心吧，這次去搶銀行不會導致警方或是機構出動，妖怪會會處理好一切。」

「為什麼？」

「聲東擊西之計只能在特定的時候比較好用，至於其他的，我們已經有確切的證據上交給政府機關，也得到了核准。」

孔天強不知道自己在這計畫中占了多少重要性，但他很清楚若是不參加，孔天妙獲救的機會就更渺茫了。

他非去不可。

「姐姐，會沒事吧？」雖然試著冰冷地提問，卻還是藏不住明顯的不安。

「對孔天虎來說，阿妙還有利用價值，所以一定沒事的。」

「是嗎……」

「沒錯，所以你快點回去休息吧。」

孔天強轉身上樓，很快就回到了家門前。他卻遲遲沒有進去，不知道自己現在應該用怎樣的表情來面對在家裡等候的璃。

「汝啊，既然回來了還不進門？」

就在他還在猶豫時，家門卻開了，門後探出一顆狐狸腦袋。璃那對本來就火紅的雙眼此刻更加紅腫，方才她做了什麼不說自明。那張漂亮的臉蛋帶著明顯的疲憊以及憔悴，即使現在很醜，但聽見門外動靜的狐狸精還是決定來開門，因為這是她答應的事情。

瞬間，孔天強感到揪心。時間雖然不長，但是孔天強、孔天妙和璃儼然成了一家人，這是恨妖怪入骨的他從未想過的事情。對過去的他而言，和妖怪如此友好簡直是天方夜譚。

「我回來了。」沉默了許久，他終於開口說道。

「妙妙呢？」璃盯著他問。

「還沒回來。」

「這樣啊……」

「明天有行動。」孔天強立刻說道，像是要安慰璃一樣：「這樣可以爭取時間救姐姐。」

璃微微揚起眉，不太理解孔天強在說什麼，推測眼前的蠢驢肯定是被人騙了。但是她沒有說出口，現在還不清楚妖怪會騙孔天強的目的，她不覺得擅自戳破謊言是件好事。

「那咱也可以去嗎？」其實她可以像以前一樣無理取鬧、吵著孔天強一定要帶上她，但現在明顯不是要賴的時候。

「可以。」孔天強不假思索地說：「我需要妳的幫忙。」

這句話雖然簡單，卻讓璃像被電到一樣豎起尾巴的金毛，靈活的狐狸腦袋也在瞬間一片空白，像是沒有上油的齒輪組一樣失去原本的機能。這詭異的表現讓孔天強困惑了幾秒，璃才終於回復理智，並且甩起尾巴。

這是第一次，痛恨妖怪的妖怪獵人說出需要狐狸精。

「若是、若是汝真心需要咱的話，咱一定會去。」好不容易才擠出幾句話，璃馬上意識到現在的回答和語氣一點都不像平常的自己，所以立刻補上一句話：「但是赴湯蹈火之事由汝負責，咱則是在後面偷襲以及吃甜甜圈。」

「……我知道了。」

「但是，不管多危險，咱絕對不會讓汝死去。」

「我知道。」

「因為汝要是死了，咱會很困擾，到時候就沒有人買甜甜圈給咱了。」

「我知道。」

「而且咱們原本預定要生一窩小狐狸，現在都還沒生，所以……」

「滾！」孔天強忍不住說出自從璃來了之後就常常掛在嘴邊的那個字。

這樣的對話讓兩人感到安心，因為就和平常一樣。

「我要進去。」在外頭待得夠久了，孔天強對從門板後探出一顆頭的璃說：「借過。」

「咱有件事情要先說！」璃拉著門扉，不願意讓孔天強進到屋內。「咱、咱一擔心就會很暴躁，暴躁就會不安份，咱不安分的話……」

「滾！」這話一聽就知道有狀況，睨著那隻看起來明顯慌張的狐狸精，孔天強這次是真心地低吼。

「嘖。」知道擋不住，璃立刻放開門扉，用最快的速度跑進自己的房間並鎖上門。

完全不知道璃在搞什麼的孔天強終於進到屋子裡，馬上知道璃不敢開門的原因，額頭立刻浮現出青筋。

「璃——！」孔天強忍不住咆哮：「滾出來！」

客廳內一片狼藉。好幾個座墊被開腸剖肚，裡頭的棉花扯得四處都是。地上有好幾攤的水窪，其中一些還有明顯的尿騷味。家裡的沙發和椅子全部大位移，有幾張還被推倒。角落的花瓶破碎，裡頭的花被摧殘到連花瓣都不剩。孔天強完全無法想像這裡到底發生過什麼事情。

簡直就是剛經過一場大戰。

「也、也不能怪咱啊！咱慌起來的時候，連自己都會怕！」璃在房間內摀住耳朵，縮在角落瑟瑟發抖。她知道這情況不管是誰看了都會生氣。「咱、咱也知道這樣不好，但是咱就是忍不住啊！這不能怪咱！這全是天性！是天性的錯！」

「出來！」孔天強一副要剝了狐狸皮的模樣在璃的房間外大吼：「收拾！」

「咱現在出去一定會被汝吊起來修理，咱才沒這麼傻！」璃立刻抱住自己蓬鬆的尾巴、把臉埋在尾巴內，用悶住的聲音說道：「除非、除非汝能答應咱……」

「砰！」

巨大的聲響打斷璃的話，她嚇得從地上微微跳起，抬頭一看，一顆燃著黑色火焰的拳頭貫穿木門，正試著打開門鎖。

「汝、汝這太誇張了！汝不知道什麼叫做鑰匙嗎？汝居然破壞咱的……」

話還沒說完，一直勾不到門鎖的孔天強乾脆一腳把門踹倒。原本想抗議的璃看見如同魔鬼終結者的孔天強，瞬間噤聲。

「……找死。」孔天強瞪著縮在角落的璃，那對本來就凶狠的眼睛彷彿要噴出火來：「破壞坐墊、四處尿尿、推倒椅子、毀掉花瓶！」

「咱、咱知道錯了啊！」璃立刻變成幼女型態，然後抱住尾巴、仰起頭來，用撒嬌味十足的奶音和閃爍淚光的水汪汪大眼說道：「可以、可以原諒咱嗎？」

「收拾。」但不管怎麼裝可愛，孔天強完全不為所動，依然是那張冷冰冰的臉：「或者去死。」

「咱、咱知道了啦！汝可否別這麼凶？像是要把咱生吞活剝似的……」看自己的絕招無效，璃一邊抱怨一邊變回成人模式：「非得嚇破咱的狐狸膽才肯罷休嗎！」

孔天強完全不懂現在是什麼情況，明明是眼前的狐狸精把家裡搞得亂七八糟，此刻他卻正被罪魁禍首責備。因為變小又變大的緣故，璃此刻是一片光溜溜又氣呼呼的模樣，讓現在的畫面奇怪得有點好笑。

「快去收拾。」

「咱知道了啦！汝這樣一直碎碎念，而且這又不是咱願意的……」惱羞成怒的璃對孔天強做了個鬼臉：「討厭鬼！」

「咚！」

「唔！」

接著狐狸精的下場就是遭受鐵拳制裁，雖然是普通的拳頭，力道還是大得讓她看見星星。

在盯著璃確實地開始收拾後，孔天強轉身走進廚房。

多虧了這場鬧劇，孔天強和璃的心情都放鬆了一些。一放鬆璃的肚子就發出可怕的低鳴，讓孔天強意識到現在的時間，決定趁她收拾的時間去準備晚餐。

「汝啊，能教咱做飯嗎？」收拾完畢後，聞到香味的璃立刻跑到廚房：「咱想學做菜。」

「為什麼？」孔天強瞥了她一眼，試著想像狐狸精做菜的畫面——

一片狼藉、引發火災。

孔天強有點害怕。

「妙妙回來之後，咱想做頓飯給她吃。」璃的臉上掛起大大的笑容。

這句話讓孔天強暫停動作，看著那笑容背後的心意，他不覺得璃在耍什麼小聰明。轉眼卻看見那條輕輕甩動的尾巴不斷掉出狐狸毛，金色毛髮不斷飄呀飄，他的臉色瞬間沉下。

「怎啦，汝啊？」璃馬上注意到孔天強明顯的表情變化，故作嬌羞地遮住臉頰：「就算咱可愛，也別用充滿野獸氣息的眼神看著咱啊！」

「不教。」

他無視璃的垃圾話，視線挪回眼前的炒鍋，然後拿起筷子，在狐狸毛黏到鍋子上之前迅速夾出來。

「為啥！」原本以為一定能得到同意的狐狸精立刻大叫，還氣得跺腳：「咱都這麼誠心誠意且低聲下氣了，汝居然還不同意？」

「閉嘴，然後滾。」孔天強瞪了璃一眼，接著開始夾湯鍋內的狐狸毛。

「難不成要咱對汝又咬又踹？汝該不會被那隻半吸血鬼傳染了『被虐狂』病吧？」

第一次知道被虐狂原來是種傳染病，雖然很想回嘴，但與其做勝算很低的口舌之爭，他覺得趕快把她趕出去才是上策，所以夾起一根金光閃閃的狐狸毛給她看。

「這個，就是原因。」

看到筷子上的狐狸毛，璃馬上注意到湯鍋內還有些許載浮載沉的金光，她卻不認為這足以構成不教她的理由。

「這有什麼關係，咱以前很常舔尾巴，吃了不少毛，現在也還是活蹦亂跳的！」

「姐姐不是狐狸！」

「唔！」

「所以不教！」

璃鼓著臉頰，看了看瓦斯爐又看了看孔天強，小腦袋瞬間想出一個解決方案——她鑽過孔天強的腋下，從他和瓦斯爐之間探出頭，接著一臉得意地仰起臉。

「妳這又是要幹嘛？」

「這樣學，就不怕咱的毛亂飛了！」

孔天強一臉嫌棄，完全不能理解為什麼這隻只負責吃的狐狸精突然對料理這麼有興趣。璃注意到那一臉不願意，但是直接無視。

想感謝孔天妙和替孔天妙慶祝其實只占了一半的原因。

有種說法是「媳婦入門要先抓住婆婆的胃」，只要煮飯好吃就不太容易有婆媳問題。在這個沒有「婆婆」的家庭，抓住大姑的胃、也就是孔天妙的胃就是最重要的事情。雖然她不認為孔天妙會因為不會燒菜而討厭她，甚至還會跟她一起聯手壓榨孔天強，但她還是覺得應該做些什麼才能表示敬意。

而且在學習的過程中還能向孔天強撒嬌。

「這樣就沒毛了，汝還是不願意教咱，汝根本是不想要咱做菜給妙妙吃。」

「沒有。」

「而且這個姿勢，汝還可以手把手教咱怎麼做，不好嗎？咱這樣可以學得更快，是不？」

「……嗯。」想不到任何反駁的理由，孔天強只能如此回應。

「那咱就不客氣啦！」璃嗤嗤地笑起來，兩手分別按上孔天強的左右手：「上吧，黑色火焰的影魅！」

璃突然模仿起前幾天在電視上看見的「O太平洋」，覺得這個位置有點像是裡頭的操作員，此刻正操作著名為「黑色火焰的影魅」的機甲，同時正完美同步。

「……電視狐狸。」孔天強忍不住脫口而出。

「汝啊，這能怪咱嗎？若不是汝都不理咱，也不願意和咱一起好好相處，例如生一窩小狐狸之類的，咱也不會這麼沉迷電視。」璃立刻反駁：「所以咱認為這全是汝的錯。」

孔天強決定無視這段發言。

為了避免懷中的狐狸精等等越玩越興奮，拉著他的手亂來，他反握住她的雙手。璃沒有反抗，還喜孜孜地笑起來，因為角度的關係所以他沒有看見，也完全不知道事情正如狐狸精預想地進行。

「咳嗯，既然咱都有幫忙做飯了，那麼洗碗盤的事情就交給汝來負責。就這麼說定了，咱先去洗澡啦！」

晚餐後，璃咯咯笑著這麼說，讓孔天強懷疑她剛剛想學做飯只是不想洗碗的藉口，想趁孔天妙不在的時候偷懶。

「對了，咱等等洗澡的時候不會關門喔，汝可以一起進來洗。」

「閉嘴。」孔天強端著碗盤走進廚房。

雖然已經相處了一段時間，他到現在還是摸不透這隻狐狸精，很多時候看起來是真心，實際上就只是耍著他玩；很多時候看起來是謊言，實際上卻是最真實的性情與話語。

璃的行動和思想就像影子，看得見卻抓不到，常讓孔天強有種在山林內迷失、被山裡的狐狸欺負的感覺。

「汝不進來和咱一起洗嗎？」在他洗完碗經過浴室門口的時候，璃在浴室內喊道：「咱對刷背的技術很有自信，可以讓汝非常舒服喔？」

他不太能理解那隻色情狐狸精又在說什麼鬼東西，但是從那段話中嗅到危機的味道，立刻快步回到房間內。

璃期待著自己的挑逗能夠讓對方獸性大發，真的跑進來推倒她。

泡在浴缸裡半小時，弄得像是被煮熟一樣紅咚咚後，璃才了解那根大木頭並不會因為自己的挑逗而真的進來一起洗澡，然後做一些她所想的事情，這才悻悻然離開浴缸。

雖然璃一樣擔心著孔天妙，但是她更希望孔天強能夠多多看見她的努力。努力像平常一樣、努力不讓恐慌症發作、努力想被誇獎，但是不知道為什麼一直達不到目的，這讓她有點生氣。

璃有點吃孔天妙的醋，最少，她希望孔天強能夠像珍惜孔天妙一樣珍惜自己，也希望他能夠將自己當成「雌性」來看待。

孔天強洗完澡，準備早早上床休息，璃尾隨在後，十分自然地跟進房間。

「滾出去。」一如往常的低吼和凶狠眼神。

「汝毀了咱的房門，要咱怎麼睡？」璃立刻用事先準備好的理由回應。

「野獸睡野外也無所謂。」

「這裡不是野外！而且妙妙說在房子內睡就要睡在有門有床的房間才行！」

孔天強對這句話有印象，璃來到這裡的第一晚一直想跑去陽臺吹著夜風睡覺，孔天妙立刻用這個理由來阻止她。

「要不，咱去睡妙妙的房間好了。」璃說著轉身就要走。

「不行，都是狐狸毛！」孔天強立刻拉住狐狸精：「不准弄髒姐姐的房間。」

「過分，咱可是每天都有護理尾巴！照汝這麼說，咱現在只有這裡能睡了。」

「嘖。」孔天強後悔起當時的衝動。

「汝若是不答應，那咱可要跟妙妙說，咱的房門是因為汝要夜襲咱才弄壞的。」

「……睡地板。」

「咱不允許汝睡地板，好像咱欺負汝一樣。」

「妳睡地板！」

「那咱一定會跟妙妙告狀。」

「嘖。」他知道被申訴的話自己一定會倒楣，所以沒得選擇，兩人今晚只能同床。

璃掛起得意的笑容，光溜溜的身體挺起雄偉的胸部、尾巴不斷甩動，一副勝利者的模樣。

「穿衣服！」孔天強瞪著因為孔天妙不在所以又回歸裸族的狐狸精。

「嘖……」這次換璃咋舌，很清楚如果孔天強也跑去告狀，自己一定會被打屁股，所以轉身從衣櫃拿了一件黑色T恤迅速套上。

「咱穿好了，這樣汝還有意見？」

看著胸前明顯凸起的小點、若隱若現的下半身、剛泡完澡而泛紅的肌膚，孔天強完全沒想過自己的衣服穿在璃身上居然會這麼煽情。雖然叫她脫下來就好，但一想到上次在修行時她刻意造成的誤會，導致各種異樣眼光，只能放棄這個念頭。

醒著只會胡思亂想，孔天強決定上床睡覺。

「那咱就不客氣啦！」璃燦笑著撲上床，貪婪地大口吸棉被和枕頭上的氣味，尾巴興奮地狂甩。雖然私下也這樣幹過幾次，但這麼光明正大而且得到了允許還是第一回。

「不准抱我。」在璃的手搭上腰的瞬間，孔天強立刻低吼。

「床就這麼小，咱只能這樣睡啦！」

孔天強的額頭瞬間浮出青筋。這間房子內的所有床都是加大的雙人床，是當初孔天妙要求的，就算擠三個人也沒問題。此刻他已經睡到床緣，只差一點就要滾到床下，璃根本就是放著大半的空床不睡，硬是要貼在他身上。

「大蠢驢，晚安！」璃說完後，露出痴女式的笑容。

FOX SPIRIT

>>> Chapter.4_ 搶銀行？狐狸肯定是專業的，讓專業的來！

一早起床，孔天強的心情就非常糟糕，一是因為璃一整晚的磨牙聲、二是璃不知道夢到什麼整個晚上咬了他好幾次、三是睡到一半時大叫他的名字，除此之外還流了他一臉的口水，這樣子想睡得好根本就是作夢。

不爽地把趴在身上的狐狸精扔下床，孔天強打算沖個澡提振精神，順便洗掉一身的口水。原以為那一摔可以叫璃起床，卻看見狐狸精像液體一樣慢慢滑回床上繼續睡。

沖完澡後，孔天強開始準備早餐，狐狸精聞到早餐的香味就立刻醒來，抱著棉被、拖著腳步，十分自然地坐到餐桌邊。看著璃的模樣，他完全不能理解眼前的到底是什麼生物。

吃完早餐、換好衣服、也做完了戰鬥準備，孔天強立刻載著璃到集合地點，抵達時已經將近十一點。他們浪費了太久的時間，更準確地說，狐狸精浪費了不少時間挑選出門的裝扮。

「雖然很想問你們為什麼這麼慢，但是一看就知道了……算了，現在反而是最好的時間點。」等到明顯有些不耐煩的劉家光一邊喝著咖啡一邊抱怨：「不過我還是要講清楚，正常來說是你們要等我才對，會遲到也不先打電話說一聲，如果這是一般的工作場所，你們早就被開除了。」

面對劉家光的抱怨，孔天強瞥了璃一眼。

璃千挑萬選，最後決定穿淡水色的兩件式無袖洋裝，襯著一頭天然的金髮，看起來彷彿水面上的粼粼波光。可愛的穿著讓本來就十分漂亮的她又多了幾分俏皮青春的感覺，再配上藍白條紋的球鞋，就像是蔚藍天空的妖精。

幾乎是亮色的穿著讓她和孔天強成了明顯的對比，他一如往常的黑色戰鬥服搭配黑大衣，再加上那張冷峻的帥臉，給人的第一印象便是不祥。強烈的存在感讓他成為眾人注目的對象，但孔天強並不在意，此刻他只在乎如何救出孔天妙。

「時間差不多了，現在就請鴛鴦大盜上場吧。」劉家光露出意味深長的笑容，孔天強立刻察覺不對勁，臉色也變得更沉。

「沒問題？」

「放心吧，已經用了一些手段施壓警方、癱瘓了白盤合庫的警衛系統，撤退的路線也設計好了，所以你們不會被抓，就算被抓了也不會有前科，都安排好了。」

「一般民眾。」

「他們是我牽制蜘蛛精的棋子，也是確保你們更安全的做法，所以這無可奈何。有他們的存在，加上這個時間點一般民眾比較多，會讓『八足』不敢有太大的動作。」

劉家光的回應讓孔天強皺起眉，雖然很想拒絕，這提案卻十分合理。

「汝啊，這蠢驢明明才說幾個字，為何汝都能懂？汝等若非有心電感應不成？」

「如果有的話我大概會被妳咬死喔！妳一定會吃醋的。」

「汝可別亂說，狐狸哪會吃醋，咱討厭酸溜溜的東西。還有咱非常大方，是樂於分享的狐狸。

「所以我可以找倉月來幫忙囉？」

「妙妙和咱說過，『兄弟如手足，女人如衣服，若穿我衣服，我斷你手足』，咱突然想驗證這句話究竟是否為真。」

「阿妙平常到底都在做什麼，居然調教出這麼可怕的東西？」劉家光看向孔天強。

「別浪費時間。」他冷著臉打斷沒有營養的對話：「姐姐還在危險之中。」

孔天強恨不得現在立刻搶回孔天妙，哪怕是滅了孔家滿門、成為真正的罪犯都無所謂，現在他卻沒有線索。

「別這麼緊張嘛，沒問題就是沒問題。你必須先相信我們，我們才能幫你啊！」劉家光的笑容十分像營業員，虛假、不帶任何真意。

「你們只是在利用我們。」

「我比較喜歡用『等價交換』或『互利共生』來形容，畢竟你們也有得到好處。」

這是無庸置疑的事實，孔天強也很清楚，從解決通緝令到「妖化外裝」，這些都仰仗了妖怪會的幫忙。但若是必須犧牲孔天妙，他寧可通通不要。

「總之，那就快點把事情辦好吧。」劉家光拿起腳邊的手提包扔給孔天強，然後起身走向不遠處的義大利餐廳：「我先去吃個飯，希望你們可以在我吃飽前搞定……然後，可以的話盡量鬧大一點。」

看著他的背影，孔天強真心認為若不是沒有尾巴和耳朵，這男人根本是隻狐狸。黑色手提袋內裝著兩個黑色面罩和兩把擬真的玩具手槍，戴上面罩後，他和璃走進白盤合庫。

現在是最熱鬧的時段，一身黑衣和一身甜美打扮的雙人組本來就十分醒目，再加上可疑的面罩，一踏進銀行就引起所有人的注意。兩個渾身妖氣的保全走上前，掏出電擊槍大聲喝斥，卻立刻失去意識——

偷偷地使用法術，孔天強使出行雲流步繞到後面，扭斷兩隻蜘蛛精的脖子。

誇張的一幕讓整間銀行靜了下來，接著淒厲的尖叫打破寧靜，大廳瞬間亂成一團。

「大蠢驢、大蠢驢！」這時璃扯了扯孔天強的衣角，用十分興奮和期待的眼神看著孔天強：「這樣的場景咱在電視上看過，可以讓咱試一試嗎？就算汝說不行咱也要做！」接著掏出假槍走到大廳的正中央。

「別動，這是搶劫！」她高舉手中的假槍，並偷偷用妖術讓假槍發出火光和爆炸聲。銀行內的人再次放聲尖叫，這結果讓璃十分滿意。

「所有人都給咱蹲下，誰敢站著就是讓咱當靶子，想要活命就乖乖配合！蹲下！全部蹲下！那邊那個在做什麼，快蹲下！」

一連串流利的威脅和逼真的槍聲讓眾人意識到自己遇上了搶劫，立刻按指示動作，其中也包含了「裡世界」的人們。孔天強相信他們有發覺槍聲的真相，但因為狀況不明所以按兵不動。同時他決定要減少這隻狐狸精看電視的時間，有樣學樣真的太危險了。

看著現場的情況，孔天強知道妖怪會的盤算沒有錯。在場有太多人類，八足和白盤合庫的蜘蛛精們無法用妖術，一不小心身分就會曝光。若是單純比體術，孔天強有自信絕對不會輸人，所以現在是「最安全的狀態」。

就在他思考著下一步的時候，控制住場面的璃搶走他手中的黑色手提袋，走到櫃檯前用假槍對著櫃員，並把手提袋給進去。

「汝懂咱的意思吧？汝知道咱的意思吧？快點把錢丟進去！所有現金全部塞進去，快點，能塞多少就塞多少，慢吞吞的話咱就殺了汝！還有現金的流水號不能連號，快點動作！」她像失控般不斷大喊：「其他人把手放在桌上讓咱看到，別想報警，不然咱就斃了你們！」

太過熟練的臺詞和動作，若不是同為當事者，孔天強肯定會信以為真。這隻狐狸精必須嚴加看管才行，否則這次嚐到甜頭後可能會跑去做其他事情，例如搶劫甜甜圈店之類的。

蜘蛛精行員乖乖遵照指示，在手提袋內塞滿現金後把鼓鼓的袋子還給璃。璃立刻裝模做樣地檢查起鈔票，然後把袋子扔給孔天強。

「轟！」一聲低沉的爆炸聲突然傳來，加上地面的震動，許多人放聲尖叫、有人試圖逃跑，原本控制住的場面瞬間變得混亂。孔天強知道另一組人馬已經開始行動了，並且意識到下一個目標和撤退的地點在哪裡。

金庫。

這就是劉家光說的「聲東擊西之計」，他們搶銀行的行動只是幌子，目的是讓另一組人馬確實地到達地下金庫。

孔天強立刻轉身放下鐵捲大門，然後走向櫃臺、朝防彈玻璃揮拳。在拳頭碰上玻璃的瞬間放出黑色火焰，確保能夠擊破厚達三公分的玻璃。因為只有一瞬間，除了「裡世界」的人們外，一般人類根本沒有察覺。

打破玻璃後，他粗魯地揪住行員的領子，二話不說就把人拉出來重摔在地上。

「汝啊，還真是不懂得何謂憐香惜玉。」

「她是妖怪。」睨著倒在地上的蜘蛛精，他用只有璃才聽得見的音量低聲說道。

「黑、黑色火焰的影魅……」行員認出傳聞中的黑色火焰，再加上孔天強充滿殺氣和魄力的眼神，讓她忍不住顫抖起來：「為、為什麼……」

「金庫在哪裡？」孔天強一腳踩在行員的身上：「帶我去。」

「我、我不知道！我什麼都不知道！」蜘蛛精立刻大力搖頭，瞬間滿臉是淚，讓旁邊目睹一切的民眾徹底將孔天強當成十惡不赦的壞人。

面對哭花臉的蜘蛛精，他並沒有那無謂的同情心。

「汝滿嘴都是謊言的氣味呢。」璃蹲到蜘蛛精身邊，雙瞳充斥著妖異紅光，用緩慢的語氣說：「汝並非不知，而是不能開口或帶咱們直接過去，汝也被動了手腳對吧？就和那些暗殺者相同，只要和咱們說實話就會被體內的毒殺死。」

「唔……如、如果都知道的話，還不快放我走……」行員的話等同間接承認了璃的推論。

「那麼這樣也很簡單，汝只要告訴咱們謊言即可。」璃說著開始使用妖力，火紅雙瞳變得迷幻，蜘蛛精的雙眼映著璃的雙眼，眼神漸漸變得恍惚，漸漸不再掙扎，呼吸也平穩下來。

這是孔天強第一次見到真正的狐狸魅術。

「咱等等會問汝問題，若是事實的話汝就必須大力否定，若是沒說中事實，汝就必須肯定咱所說的話，汝知道了嗎？」

「不知道，真的不知道。」

如果是過去，孔天強不會用這麼有技巧的問法，只會用拳頭一個一個打，打到有人願意說實話為止，而且還不能保證對方所說的肯定就是實話，充滿各種風險。璃這一招安全太多了。

然而，看著一旁的民眾，孔天強愣了愣，雖然利用普通人牽制住了白盤合庫和暗殺組織「八足」，那些人臉上的恐懼卻讓他充滿罪惡感。

「汝在想什麼？」璃在孔天強眼前晃了晃手：「咱已經問到金庫的位置了。」

「璃，妳能讓他們睡著嗎？」

「汝當咱是什麼，這種事情才做不到……」

突然間，人群中有兩人嘶叫著衝出來，同時數名行員用十分敏捷的動作翻過櫃臺殺向孔天強和璃——

璃動了動鼻子，馬上從那兩個一般民眾身上嗅到半吊子魅術的痕跡，很明顯，有人正在偷偷使用她的妖力。對方的戰術也馬上被她摸透，蜘蛛精想反過來利用他們的戰術，讓一般人類成為掩護，找機會做掉孔天強和璃。

這太過簡單的想法讓璃忍不住發笑。

「咱都在這裡了，居然還敢用咱的妖力玩這種把戲，是瞧不起真正的狐狸精嗎？」她一彈手指，兩個人類便如同斷線傀儡般雙膝跪地，困惑地環顧四周。璃看向孔天強：「咱現在還不能用明顯的妖術，那些人就交給汝了。」

不用璃說，他也會這麼做。

面對這些底層的蜘蛛精，他不用法力也無所謂，加上現在眾目睽睽，對方也不能使用妖術做出超乎常人的行為，所以衝上來的蜘蛛精和送死沒有兩樣。

蜘蛛精原本以為靠著人數優勢，至少能夠壓制其中一人，接著再趁亂偷一刀。但是事情沒有他們想的那麼簡單，先是肉盾的魅術被解開，然後是孔天強那習武多年的敏捷動作跟強大的破壞力。不過一個眨眼，孔天強的拳頭就揮在臉上，強勁的力道猶如鐵鎚，只身中一拳必定倒下。沒過多久，衝上來的蜘蛛精全被打昏倒地。

「他們手上拿的是假槍，大家不要怕！」眼看突襲失敗，蜘蛛精試著出其他手段：「大家不要怕，那是有火光效果的玩具槍，大家一起制服他們！」

「哈——雷路亞！」但就在下一秒，蹲在地上的民眾在齊聲大叫之後突然全體起身，開始手拉著手轉圈圈。他們一邊跳舞一邊唱歌，彷彿在舉辦什麼祭典。

「咱雖然沒辦法讓他們睡著，但是有辦法讓這些人做一個『美好的夢』。」璃取下頭罩、彈出耳朵和尾巴，臉上掛著賊笑：「蜘蛛精啊，若是要比小心思，汝等還差了咱一大截啊！」

「既然如此……」所有蜘蛛精站起身，眼露凶光。

「汝等沒有在用腦子在思考，對吧？」看著他們的模樣，璃忍不住笑起來，用嘲諷意味十足的語氣說道：「在汝等撲上來、現出妖怪原形的瞬間，咱就會解除魅術，屆時『這間銀行都是妖怪』之類的傳言肯定會讓生意完蛋，那汝等忍耐至今也就沒有意義了。要毀滅，一開始就動手不就好了？」

璃的話確實讓蜘蛛精不敢有進一步的動作，雖然知道最快的解決方法就是殺光那些顧客，但是這無疑也是最蠢的方法。這世上可不會有殺掉客戶的商人，即使能夠解決當前的問題，卻會毀滅長久以來建立的商譽。

在人類社會待久了，連思考的方式都像極人類。

「那麼咱們就不客氣啦！」璃輕巧地翻越櫃臺，孔天強跟在後頭。

蜘蛛精們只能眼巴巴地看著那兩人大搖大擺地入侵，他們試著用凶惡的眼神讓對方退卻，但僅是被孔天強瞪了一眼，殺氣騰騰瞬間就被怯弱取代。憑著動物的本能，他們知道自己絕對惹不起孔天強。

櫃檯的正後方有一扇鐵門，上頭掛著「非工作人員不得進入」的小牌，還設有密碼鎖，看起來就像是往地下金庫的鐵門。實際上，那不過是陷阱，那扇門並不會通往地下金庫，而是通往蜘蛛的獵場。

真正的入口在鐵門旁邊，是做成牆壁外貌的暗門，雖然也一樣設有防禦手段，卻被孔天強一拳給打壞，後方出現一道向下的樓梯。

「若是咱，咱絕對不會冒險跟著下來。」就在走下去前，璃回頭笑著對企圖偷襲的蜘蛛精說：「因為跟著下來就僅有死路一條，若是真心想死的話又何必等待呢？現在就上，讓咱們給汝等一個痛快。」

璃的話簡單明瞭，那些蠢蠢欲動的蜘蛛精立刻停了下來，還向後退了退。

「愛惜自己的性命是正常的，沒有必要做無謂的犧牲，對吧？」

孔天強打從心底地佩服璃，如果今天是他一個人行動，肯定會殺得血流成河才能走到這一步。但是到現在，他們只殺了兩隻蜘蛛精而已，讓情況沒有完全失控，孔天強依然保有非常多的體力與法力。他忍不住想，要是再早五年認識這隻狐狸精就好了。

背負著仇恨這麼久，到頭來只是原地踏步，還因為腳步停下而跟不上其他人的人生，或是耽誤了誰的人生。

不過這樣的悔恨只能記著，因為想再多也無法讓時光倒流，他也無法揍五年前的自己。他只能繼續往前走，即使很緩慢，但現在的他已經能夠繼續前進。

孔天強下定決心，等到救回孔天妙後，再重新開始。

一下樓梯，彷彿來到了脫離文明的世界。

通往地下的樓梯是用石板砌成，兩側則是毫無修飾的土牆，空氣中瀰漫著濕泥土和發霉的味道，和上頭的銀行簡直是天壤之別，這樣的設計讓人一看就明白——

土牆突然被衝破，兩道黑影從孔天強的左右衝出，是「八足」的暗殺者。這裡沒有外人，他們自然展開行動，狹小的空間和土牆是這些人特意打造出來的環境，目的就是要讓人措手不及。

孔天強本身就警戒著，所以土牆崩落的瞬間雙拳便纏上火焰，快速打在破牆而出的暗殺者臉上。出乎意料的反擊讓兩名暗殺者重摔在地，成為黑色火焰的燃料。

「前面的牆後還有八隻。」璃動了動耳朵，聽著土牆後細微的呼吸聲，做出判斷後看向孔天強：「要咱一次解決他們嗎？」

面對突然主動提出要求的璃，孔天強看向那條搖動的尾巴，馬上明白眼前的狐狸精到底在盤算什麼。

「嗯。」孔天強點了點頭。

「但是啊，一口氣解決那麼多敵人會讓咱很累，再加上方才的魅術跟搶銀行的臺詞，咱真的覺得……」

「一盒。」為了避免發展到自己會被單方面敲詐的局面，他立刻開口打斷璃。

「喔……汝啊，現在也能理解咱的意思了呢，而且還懂得適時壓制咱，咱原本想要敲詐兩盒甚至是三盒甜甜圈的，看在汝表現出眾的份上，這次就放汝一馬吧。」

語畢，璃彈了下手指，下一秒八道青色火焰從前方的土牆衝出，伴隨而來的是淒烈的哀號。慘叫在狹隘的樓梯間迴盪，正常人聽了肯定會毛骨悚然，但習慣殺戮的一人一狐早已麻痺，聽到這樣的哀號反而會鬆一口氣，因為這代表著勝利。

璃的火焰不僅摧毀對手，還瞬間燒乾了土牆和空氣中的所有水分，土牆上甚至出現了裂痕。不過因為水分被瞬間燒乾，土牆變得堅硬許多，這讓「八足」再次利用土牆偷襲變得十分困難，璃的行動等同抹殺了敵人在這樓梯間的所有攻勢。

「哼哼！」璃一臉得意地看向孔天強，一副就是要人誇獎她的模樣：「咱啊，其實不排斥被人摸頭呢。」

同為犬科生物，璃曾在好奇之下問了附近的家犬被摸頭的感覺，得到的答案都是「非常舒服」，讓她十分好奇究竟有多舒服，所以想趁這個機會要求一下。

面對突如其來的要求，他先是愣了一下，在判斷可能是陷阱後立刻裝作沒聽見。

「汝啊，摸摸咱也不願意嗎？咱可不是那麼隨便的，若不是汝，咱才不願意讓人摸頭喔？」璃立刻追上去，然後又開始碎碎念：「汝有聽見嗎？若・不・是・汝，咱・才・不・給・摸！」

「感覺有詐。」

「咱哪會使詐，汝的疑心病也太重！」

「看起來很怪。」

「這裡只有咱們兩人，哪有看起來怪不怪的問題？」璃加快腳步繞到孔天強面前，接著一把抓住他的手：「摸摸咱！摸摸咱！摸摸咱！摸摸咱！摸摸咱！摸摸咱！摸摸咱！摸摸咱！摸摸咱！摸摸咱！」

「嘖！」孔天強臉上出現明顯的不耐煩，立刻抽回自己快被甩斷的手。

雖然他的臉色非常難看，璃並沒有打算就此罷手，她早就習慣表情嚇人的孔天強，反而覺得他一天不臉臭才奇怪。因為這層免疫，她更有信心今天一定能被妖怪獵人摸頭，並做好了不被摸頭不罷休的覺悟。

但是這份覺悟在下一秒立刻打消。

「汝，有血的味道。」璃靈敏的鼻子聞到異樣的味道。

因為空氣太乾、沒有多餘的氣味，身為人類的孔天強也聞到鐵鏽般的鮮血味。

「咱沒聽見任何聲音。」沒有聽見任何聲音卻有鮮血的味道，這代表狀況不妙。

前方明顯剛發生過戰鬥，十之八九是另一組人和「八足」，而妖怪會的人馬遭到全滅。若是妖怪會的人獲勝，現在應該正在底下處理金庫內的東西或是向上與他們會合，但此時聽不見任何動靜。

孔天強的雙拳燃起火焰，璃也不敢繼續胡鬧、進入警戒狀態，兩人小心翼翼地走下樓梯，過沒多久就到達最底層。

盡頭是十分寬廣、連地面都是由土壤構成的房間，大概有半個足球場那麼大，讓人完全搞不清楚究竟是有什麼用途。

正對面就是白盤合庫引以為傲的金庫，此刻金庫門呈現半開的狀態，厚重的防盜門上有燒灼的痕跡，不難想像方才到底是怎樣強制開門的。

右側的牆上則有個大洞，很明顯妖怪會的人就是從這裡入侵，至於挖洞的妖怪此刻全部倒在地上。孔天強馬上認出對方，是蚯蚓精，六、七十具的屍體讓地面形成一片血海，屍體的狀況十分悽慘，幾乎身首異處。

孔天強看著站在血泊中央的五個人，從妖力來看，對方肯定是「八足」的首領和四個最高幹部，最中央的女人就是「八足」首領，百毒蜘蛛精。

「真是的，上面那群小蜘蛛連兩個人都攔不住。」百毒蜘蛛精發現兩人的存在，忍不住嘆口氣：「怎麼非要奴家親白出馬，才能搞定？」

「啊。」在仔細看了百毒蜘蛛精後，璃突然叫了出來，接著興奮地指著對方：「原來是汝！咱才覺得奇怪汝的妖氣怎麼那麼熟悉，原來是汝啊！真是好久不見了！」

「嘖……」相較於璃的興奮，百毒蜘蛛精的臉上露出明顯的厭惡：「奴家才不認識妳這樣的野狐狸！」

「少來了，汝明明認得咱，汝該不會真的忘了？那咱來提醒汝一下，咱是當年救汝一命的那隻狐狸精啊！」

FOX SPIRIT

>>> Chapter.5_ 不願意面對的背叛

百毒蜘蛛精生著一對漂亮的鳳眼和形狀漂亮的倒瓜子臉，一頭烏黑的頭髮梳成包頭，若身上穿的是襯托身材的旗袍而非沾滿血的商業套裝，肯定十分有古典美人的風範。

她身旁有四個看起來不好惹、身高最少超過一百九的彪形大漢，一個大光頭、一個刀疤臉、一個戴墨鏡、一個雞冠頭，除了臉不同之外，無論是壯碩的身材又或是黑色的西裝看起來都一模一樣，身上散發著肅殺之氣，如同黑道。

「咱沒認錯人吧，汝是咱當年從道士手中救下的小蜘蛛精，汝那張漂亮的臉特別好認。難怪，咱一直覺得汝的妖力非常熟悉，就是這個原因。」

孔天強瞥了璃一眼，完全沒想到在這裡會碰見璃過去認識的人，而且還是自己必須要打倒的對象，這讓他有點擔心等等的戰鬥會不會因此對自己不利。

但他並非害怕狐狸精的背叛，而是害怕她會在需要的時候下不了手。璃是怎樣的傢伙他最清楚，嘴巴上雖然總是要爭到贏，實際上卻十分心軟和溫柔。

也是這份溫柔，救贖了孔天強。

「……是又怎樣？」沉默許久，百毒蜘蛛精終於說出第一句話，但語氣卻沒有重逢的熱情，而是充滿不屑與冷淡。「難道妳認為奴家會因為過去的事情放妳一條生路？妳想想有可能嗎？這樣搗亂奴家的金庫導致奴家的生意受到影響，除了死就沒有其他路可以選了，沒想到過了這麼久妳還是一樣天真。」

孔天強盯著放狠話的百毒蜘蛛精，發現她的嘴上雖然這麼說，身體卻明顯地打著顫。

「所以，咱沒猜錯吧，當年陷害咱的人果然是汝。」璃順勢道出一直沒有說出口的疑問，漂亮的小臉此刻布滿失望。

「要不然會是誰？奴家究竟是怎樣的人妳到現在還不清楚？妳該不會還天真地認為奴家當年是平白無故被道士追殺吧？」

「……這樣啊。」璃的耳朵和尾巴都垂了下來，臉上有著明顯的失落，明顯到孔天強這木頭都有所察覺。

「人類和妳都很蠢，栽贓起來輕輕鬆鬆。也多虧妳的愚笨，讓奴家有機可趁。」百毒蜘蛛精看見璃的失落，臉上立刻出現得意的笑容，更加過分地繼續說：「不過奴家有點後悔啊，沒有在取走妳的妖力時順便殺了妳，要不然妳現在也不會四處搗亂、破壞我們的計畫！」

「取走咱的妖力的居然也是汝……」

「不然呢？知道封印地點的，在這世上只剩下奴家一人了。」百毒蜘蛛精說著，笑容漸漸扭曲，漂亮的臉瞬間變得十分可怕，有股明顯的邪氣，正常人看了肯定會立刻逃走。

「說到這個，奴家還真得再謝謝妳這蠢狐狸一次，多虧妳把那高強的道士弄得精疲力竭，奴家才能抓到機會把他吃了。也因為沒了那道士，奴家就順便吃光山下那個小村落的所有人。也因為吃了這麼多人，奴家的法力大增，也因此被麒麟大人看上、得到現在的地位。還真是謝謝妳啊，蠢狐狸！」

「汝居然吃了村里所有人，咱不是一直告訴汝……」

「現在你們在奴家眼裡等同送上門的肥肉，奴家可沒有聽肥肉說教的必要！」

璃瞬間閉嘴，盯著百毒蜘蛛精數秒後嘆了口氣。百毒蜘蛛精的臉上出現困惑。

「汝該不會認為把一切告訴咱，咱就會失去理智和汝拚命吧？」說到這裡，狐狸精的嘴角微微勾起：「汝啊，笑別人愚蠢的同時，腦袋也不怎麼靈光啊！」

「什麼？」璃的反應出乎百毒蜘蛛精的預料，一瞬間以為聽錯，但看見璃臉上那抹笑容後，她知道自己的耳朵沒有任何問題。百毒蜘蛛精的眉頭立刻皺在一起，不懂到底為什麼眼前的狐狸精可以這麼有自信。

孔天強也困惑地轉向璃，看不出她的葫蘆裡到底在賣什麼藥。

「怎了，連蠢驢都這樣看著咱，咱說了什麼奇怪的話？」

「如果是我，我會殺光他們。」

「若是因為這樣就要奪走生命，那咱和吃人的妖怪有什麼兩樣？汝真的認為咱一點都沒有發覺？汝一直告訴咱汝吃了多少人，咱其實一點也不在意，咱在意的是汝的心境。」

璃的話讓孔天強忍不住瞪她一眼。

「汝沒必要這樣瞪著咱，汝可能會認為咱的話很過分，但是咱的族人什麼都沒做卻被人類殺光，這樣的人類不過份嗎？」璃說完重新看向百毒蜘蛛精：「而且，咱其實才要感謝汝才對」

「依奴家來看，妳一定是被封印太久所以腦子壞掉了！」

「或許汝說得沒錯，咱的腦子因為被封印太久所以壞掉了。但是咱非常喜歡現在的樣子，咱非常喜歡蠢驢和妙妙，咱非常喜歡甜甜圈和漂亮的衣服，若非汝，咱不會有這樣的境遇，所以咱感謝汝。」

試圖激怒對方不成還被感謝的百毒蜘蛛精咬牙切齒，一副要立刻撲到璃身上將她咬死的表情，全身殺氣十足。一般精神力不強的人類或妖怪肯定早就被嚇破膽了，但孔天強和璃都屬於異常，所以依舊沒有任何退縮。

「而且汝嘴巴上雖然這麼說，卻顫抖得這麼明顯，汝其實依然懼怕著咱，對吧？」

「妳、妳少胡說！奴家才沒有害怕！」

「在咱們重逢的那一天，咱那時還這麼弱小，汝在被咱踹了那麼一腳後卻沒有立刻反擊，反而逃之夭夭。」

「那是因為現場還有黑色火焰的影魅！」百毒蜘蛛精的語氣和眼神都明確地告訴璃她在說謊。

「那時候的蠢驢絕非汝的對手。」璃繼續追擊，想要應證自己的推測。「所以咱依然是汝的心理陰影，對吧？汝害怕得連對咱下手都不敢，只會偷偷摸摸地陷害咱。雖然論妖力汝已經能夠獨當一面，但是心智卻還是不成熟。」

「過去發生什麼事？」孔天強向璃問道，如果就只是一般的事情，不至於讓蜘蛛精這麼害怕。

「就同前面所說的，她因為吃太多人所以被道士追殺，後來被咱救了下來，咱看她可憐加上咱想要有個伴陪咱說說話，就收留了那時候的她。咱以前很少用人類的狀態生活，幾乎是用原本的模樣，這蜘蛛精則是因為妖力不足且還沒學會『化人』的妖術，所以一直維持蜘蛛的樣貌。也因為咱的狐狸模樣特大，加上咱的睡相很差，所以好幾次不小心把她的下半身壓得粉碎。」

「妳、妳還敢說！妳知道奴家那時候連睡覺都會有生命危險的辛苦嗎？奴家明明就離妳很遠了，妳卻依然壓得到奴家！還有奴家明明爬到天花板上睡了，妳卻突然用腳掌把奴家拍下來！」

「又有幾次，咱因為睡到一半肚子餓了，抓了她的腳就開始啃，又因為她的腿意外好吃，咱常常就不小心把她的腿給啃完。」

「閉、閉嘴！閉嘴！」百毒蜘蛛精回想起不堪的過去，整個人顫抖得更加明顯，本能地想逃跑。

雖然百毒蜘蛛精很清楚璃已經沒有當年的強大，但每次見到她都忍不住回憶起那份恐懼、忍不住想逃跑，才會連續兩次都沒有殺了她。但是到了這裡，她已經無路可逃，百毒蜘蛛精只能一戰。

「總之、總之妳闖到這裡了，那奴家就不能讓妳繼續活在這個世界上！」百毒蜘蛛精被徹底惹毛，那張漂亮的臉和下半身立刻變成蜘蛛的模樣，聲音也變得無比粗啞：「奴家、奴家今天一定要殺了妳！」

她身旁的四個手下立刻行動，他們的身軀雖然龐大、速度卻快得異常，眨眼就來到孔天強和璃的面前。孔天強完全來不及使用妖化外裝，面前的刀疤臉從腹部伸出額外的四隻手，淌著紫黑色毒液的六把匕首立刻往他身上抹。若非苦練多年的戰鬥本能，孔天強肯定來不及拉開距離。

雖然千辛萬苦地躲過第一波攻擊，但對手完全不留下任何空隙，藏在刀疤臉身後的殺機立刻衝出，光頭男也以六隻手的型態揮著匕首撲來。腳步剛落的孔天強立刻使出行雲流步閃躲，卻發現自己無法挪動半步，只能眼睜睜看著光頭男撲向自己。就在千鈞一髮之際，一顆火球從旁鑽出、轟在光頭發亮的腦袋上，雖然無法一口氣轟掉腦袋，卻將人打飛了，這確實救了孔天強一把。

「汝，小心蜘蛛絲！」璃一邊操控火焰狐狸一邊和眼前的墨鏡臉跟雞冠頭周旋，她明顯占了上風，做掉對方是遲早的事，但不知道為什麼看起來有所保留。

「這裡是蜘蛛巢，四處都是黏人的蜘蛛絲，一被纏上腳很麻煩！」

孔天強往腳邊一看，發現不知道什麼時候腳上纏了釣魚線粗細的細線，上頭還帶著明顯的妖氣。他立刻扔了張符燒掉蜘蛛絲，但才剛擺出攻勢，刀疤臉和半個腦袋燒焦的光頭就再次殺了上來。兩人之間的無縫攻擊、再加上蜘蛛絲的干擾，孔天強別說是妖化外裝，就連反擊的機會都沒有，只能不斷閃躲。

「他們是靠蜘蛛絲來移動，只要毀掉蜘蛛絲，速度肯定遠遠不及汝！」

「妳覺得會這麼順利嗎？妳為何認為奴家不會有所行動？」百毒蜘蛛精的聲音從璃的身後傳出，那張半人半蜘蛛的怪臉露出獰笑：「就算知道我等移動的祕密又如何？今天妳就會死在這裡，八足的祕密永遠不會流傳出去。」

百毒蜘蛛精張嘴噴出一口紫毒，因為距離太近加上毒液的速度快得堪比子彈，完全來不及閃躲——

「吼——！」璃的身體立刻膨脹、變回原本妖狐的模樣，毒液噴濺在金黃的毛皮上，瞬間直見白骨。這毒液撒在人類身上，肯定會讓人消失在地表上。現出原形的大狐狸卻一點也不以為意，下一秒那見骨的傷口便回復原樣。

璃從口中噴出狐火，攻擊的對象並非急於閃躲的蜘蛛精，而是地面與天花板，孔天強馬上明白用意，立刻退到璃的身邊。

狐火迅速燒毀蜘蛛絲，如同璃所說，一但沒了蜘蛛絲，那些蜘蛛精的速度便遠遠比不上孔天強。他立刻抓住空檔釋出妖力，進入妖化外裝的模式。

「咱原本不想用原本的樣子，沒想到汝居然已經能逼迫咱到這地步了。」嘴邊殘留著火星的妖狐吐出人類的語言，那對充滿獸性與妖氣的雙眼帶著明顯的怒意：「都是因為汝，害咱的衣服都毀了，汝要怎樣賠咱！」

孔天強馬上想到每次開打前璃一定會先找空檔把衣服脫下來，就是為了避免弄髒或毀掉衣服，也因為這可愛的理由讓璃前面有所保留、一副被壓制的模樣，讓他額頭上的青筋微微鼓動。

「妳還是像當年一樣狂妄自大！」看見自己的奇襲失敗、巢內機關被毀，百毒蜘蛛精從尾部噴出蜘蛛絲黏在後方的牆上，迅速和狐狸拉開距離以策安全。那八對發黑的眼睛瞪著璃，咬牙切齒地說：「別忘了，妳現在只有五條尾巴，力量還不完全！」

狐狸精的尾巴越多代表實力越強，根據傳說，若是達到十尾便有毀天滅的能力。只是歷史上有正式記載的僅有九尾妖狐，例如中國的妲己或是日本的玉藻前。雖然璃現在僅有五條尾巴，若真的有心，她的能力還是足以將這一帶夷為平地。

「因為過太久，所以汝忘記了嗎？咱當年僅憑三條尾巴的力量就能將汝壓制，再加上因為咱狂啃汝的腿，早就對汝的毒有了抗性，所以汝永遠不會是咱的對手。」

一想起過去的種種，百毒蜘蛛精又發起抖，若不是現在已經無處可逃，肯定早就溜之大吉。

「奴家、奴家也早非當年的蜘蛛精，此時的奴家已是上百蜘蛛精的統領！」百毒蜘蛛精一喊完，四面八方的土牆立刻被悄悄集結的八足成員搗毀，上百名暗殺者破牆而出，立刻將一人一狐重重包圍。

「空間僅此而已，汝等這麼多人，能接近咱們的也只有少數。」看著眼前的蜘蛛海，璃不屑地發笑：「汝依然如此天真可笑，幾百年來都不曾改變。」

「要說大話也只有現在，殺人的模式可不僅有接近戰而已。就算妳對奴家的毒有抗性，但黑色火焰的影魅有嗎？只要殺了他，那也算是奴家獲勝！」百毒蜘蛛精也以冷笑應對，接著沉著臉緩緩說道：「八足聽令，殺了他們。」

暗殺者們從不吶喊，動作迅速精準。百毒蜘蛛精一聲令下，沒有什麼撼天動地的殺聲，取而代之的是飛刀劃破空氣的咻咻聲，形成震動空氣的蜂鳴，準確地往孔天強和璃身上射去——

「孔家流．土方柱。」孔天強立刻扔出一道符，數十根方形土柱立刻從上下左右衝出，形成無死角的完全防禦。

百把飛刀在下一秒扎上土柱，聲音如同暴雨落下，低沉且有十足的壓迫感。若沒有土柱的保護，兩人肯定已經成為蜂窩，而且若非妖化外裝的狀態，一般的土柱也肯定擋不下飛刀雨的攻勢。

「汝啊，咱想……」

「別逞強。」孔天強瞥了璃一眼後低聲說道，同時掏出手邊現有的符咒，開始思考起等等要怎樣突圍。

「汝，等等咱會用狐火在汝的身上施術來守住汝，汝就用汝最強的招式一口氣打出一條血路，可否？」

「嗯。」孔天強非常信任璃，也相信她的提案一定會成功。雖然不願意承認，但他很清楚璃的腦袋比他好上數百倍，所以他才會一直被耍著玩，也因此在這情況下，最可靠的就是身邊這隻狐狸精。

飛刀扎在土牆上的聲音越來越少，在完全靜下來的那一刻，兩人同時聽見土牆後的騷動，蜘蛛精們似乎打算利用土牆來甕中抓鱉。孔天強扔出手中的五張火符，黑色的火焰從符咒上冒出，眨眼間將符咒燃盡。帶著黑光的方術陣在腳下出現，迅速轉至「離卦」，強大的妖力纏在他身上，瞬間轉變成青黑色的火焰——

「青黑色的葬送。」孔天強低吼出由璃命名的招式，方術陣回應他的呼喚，噴出青黑色的火焰。這原本是研究來應付林家昂的最後招式，也是他目前所能使用的最強方術。

孔天強一蹬腿，四周的景物瞬間如同慢動作播放的影片，他知道這不是幻覺，而是因為自己的速度超過音速。下個瞬間，他如同砲彈般衝破土柱，不斷往前衝刺，半秒不到便抵達地下金庫邊緣，在奔跑路徑上的蜘蛛精全被這肉眼無法補捉的衝擊波和噬妖的火焰蒸發。

這一趟足足消滅了三成的暗殺者，不過也讓他的妖力與法力耗盡，妖化外裝立刻解開。

但，招式還沒結束。

路徑上留下的青黑色火焰在妖化外裝解除的瞬間立刻失控爆開，火焰向四面八方噴濺，在沾上蜘蛛精後立刻將對方當成燃料，眨眼間他的身後成為一片火海。暗殺者們立刻散開，火焰才沒有蔓延到所有人身上導致全滅。

噬妖之炎將燃料的力量轉化回妖力，被孔天強身上的結界迅速吸收，讓他足以重啟妖化外裝。

不到五秒的時間，八足的成員就少了七成，反應不及的百毒蜘蛛精愣著，完全沒想到才過沒多久，那弱小到不足以成為威脅的妖怪獵人，居然變得如此強大。她原以為孔天強能夠打倒螞蟻精單純是因為運氣好，但事實明顯並非如此。

孔天強大力喘氣，轉身看向身後恐懼的蜘蛛精，盡可能隱藏自己的疲憊。這招雖然強大，卻會讓自己發揮到超出極限，所以此刻的他完全沒有體力繼續戰鬥。不僅如此，雙腿還痛得像是斷掉一樣，最少要休息幾分鐘才行。

這是「獨自一人絕對無法使用」的招式，但他放心地使出來，因為——

「璃！」

「吼！」野獸的嘶吼聲回應孔天強的叫喚，他身邊的狐火立刻化成數十隻青色狐狸衝向敵人，所到之處化成一片火海，如同「青黑色的葬送」的延續，一碰上火焰狐狸，暗殺者立刻渾身著火。原本就退到最外側的暗殺者們根本無處可逃，轉眼間地上出現一具又一具的焦屍，空氣中瀰漫著焦臭味。

上百名暗殺者瞬間被殲滅到剩個位數，潰不成軍，就連四名幹部也在這片混亂中犧牲。過多的人數弄巧成拙，讓這些高手無處可逃，只能成為火焰的祭品。

僅僅三十秒，暗殺者「八足」，便消失殆盡。

「不可能……奴家、奴家花了近一百年才建立起來的軍隊……」事情發生得太快，百毒蜘蛛精完全反應不過來，半蜘蛛化的巨大身軀微微顫抖。

「汝啊，太小看咱了。」

土柱開始崩解，揚起的塵土中出現兩道火紅色的光。百毒蜘蛛精出了一身冷汗，如同被蛇盯住的青蛙般動彈不得，身體再次想起過去的恐懼。

狐狸的輪廓越來越清晰，天生微勾的嘴角彷彿嘲諷著百毒蜘蛛精的失敗，火紅的雙瞳就像兩叢燃燒的烈焰，百毒蜘蛛精害怕得退到牆邊。

璃用凌人的氣勢走上前，失去戰意且不知道下一步該怎麼辦的百毒蜘蛛精沒有逃走，只是瞪眼看著璃。

「現在的咱和那時不同了。」璃把臉湊到她面前，灼熱的鼻息噴在百毒蜘蛛精身上，讓她有種被火焚燒的錯覺。

「雖然咱僅有五尾，但咱現在的實力不會輸給九尾，遠遠比咱擁有所有妖力時還要強大。」

「妳、妳指的是那個人類吧……」百毒蜘蛛精的聲音顫抖著：「就只是個人類，少欺騙奴家了……」

「他是個堅強又溫柔的人類，這份強大連咱都不是對手。也因為有他的存在，咱才可以更強，因為有他的力量扶持，咱才擁有足以媲美九尾的力量！」

「開什麼玩笑……開什麼玩笑！」百毒蜘蛛精不敢置信，這懷春少女般的天真答案居然是自己的軍隊被消滅的原因，她完全無法接受——

如果殺不掉眼前的狐狸精，最少要摧毀讓她變強的原因。

百毒蜘蛛精立刻完全化身成蜘蛛，利用尾部的蜘蛛絲爬上牆，瞬間垂到孔天強面前。孔天強喘著氣，看著用細長尖腳困住自己的百毒蜘蛛精，表情瞬間充滿殺氣，但看不起眼前人類的百毒蜘蛛精卻完全不以為意。

「妳既然這麼有自信，對他這麼有信心，那麼奴家就殺了他！」她大喊著朝孔天強撲去，完全沒有注意到璃依然立在原地，不僅沒有動作也沒有哭喊著住手，蜘蛛精也沒有注意到孔天強雙拳燃起的火焰。

直到劇痛降臨，她還搞不清楚到底是怎麼回事，八對眼睛不斷尋找疼痛的來源，發現了不知何時站到另一側的孔天強，手上還拿著自己的兩條腿。

在孔天強眼裡，百毒蜘蛛精的動作像是慢動作播放的ＤＶＤ，簡直就是靜止的沙包。他扔出一張符咒，方術陣出現並轉至「離卦」，此時蜘蛛精才感覺到危險，然而已經太遲了。

「孔家流・離卦・六十四拳！」孔天強揮出拳頭，在蜘蛛精身上打出一個凹洞，衝擊力貫穿她的身體，在另一邊開了一個洞，子彈般小巧卻破壞力十足，雖然只中了一拳，但蜘蛛精立刻知道自己必死無疑了——卻還有六十三拳要挨。

不知道在第幾拳，百毒蜘蛛精失去了意識，等到孔天強確實打完六十四拳，她已經完全看不出原本的模樣，在落地前就成為火焰的燃料。

整個過程只能用虐殺來形容，實力的差距造就此次的局面，孔天強明確感覺到自己變得更加強大，同樣是幹部級的對手，這次完全沒有像打螞蟻精時狼狽。

璃從頭到尾沒有回頭，也沒有出聲阻止，只是默默聽著哀號聲越來越小，最後完全靜止。她知道現在的孔天強一定沒問題，百毒蜘蛛精不是他的對手，所以一點都不擔心。

「再見了，咱的好友……」璃低聲地說。

不回頭看還有一個自私的原因，她只想留下美好的回憶。

FOX SPIRIT

>>> Chapter.6_人生中總是充滿欺騙與謊言

確定沒有其他敵人的氣息後，孔天強解除了妖化外裝。他看著垂著尾巴的狐狸數秒，緩緩走到她身邊。一聽到腳步聲，那對大大的狐狸耳朵明顯顫了一下。

「沒事？」站到璃面前，孔天強仰頭看著眼前的大狐狸，簡單的問候便讓狐狸尾巴再次甩動。

「雖然咱就有所預感，但咱不喜歡做沒有根據的臆測。咱其實也不太能理解她為何背叛咱，不過是嗑了幾條腿，她有必要這麼生氣嗎？」

孔天強的表情瞬間變得複雜，到最後只能無奈地嘆口氣。璃咯咯笑了起來，充滿野性的笑聲聽起來十分可怕。

其實璃很清楚原因，雖然不願意承認，但她知道百毒蜘蛛精一直把自己當成阻礙。當初會救她，是因為太久沒看見其他妖怪，她的族人在許久以前就被人類殺光，長時間的寂寞讓她想要找個人陪。原以為可以改變蜘蛛精的凶殘，後來才發現自己太天真了。

雖然遭到背叛，但璃不恨百毒蜘蛛精。即使自己身形龐大，若是時時背負著恨意，她就無法繼續在生命的道路上前進。所謂的「恨」太過沉重，她可能會被壓在原地無法動彈。這是百年下來累積的智慧，她想看更多、走更遠，所以她不恨。

也因為沒有背負著恨，她才能夠碰見孔天強和孔天妙。因為沒有憎恨著世間萬物，她現在才能在這裡。

「好了，咱們走吧。」璃重新變回人類，然後笑著對孔天強伸出手：「天氣又不冷，汝穿著那大衣不熱嗎？」

「這件衣服可以減少妖術的傷害。」

「但是在沒有妖術攻擊汝的狀況下，就只是件衣服，對吧？」

孔天強不能理解璃到底想說什麼，忍不住皺起眉。

「汝啊，就這麼喜歡看咱的裸體嗎？汝這麼想看，回家再看不就得了？」

「沒有。」孔天強立刻回答。

「那汝還不快點將外套給咱？非得要咱說得這麼明白汝才會懂嗎，大蠢驢！」

孔天強這才理解剛剛那些話的意思，不明白為何不一開始就說清楚，非得要如此拐彎抹角。雖然心中有不少抱怨，他還是乖乖地脫下衣服。在把衣服遞出去前，他又想到一件事情。

「妳可以自己變衣服出來。」孔天強打算縮手，但大衣瞬間消失在他的手上。

「自己變衣服多累啊，不僅要想款式，還得用妖力一直維持，咱不想那麼辛苦。」璃把大衣往身上套，接著滿足地大力嗅著他的氣味。

「妳說過妳是野獸。」

「野獸又如何？就算咱是野獸，咱也是雌性。咱之前不懂，但現在明白了，咱不想讓汝以外的雄性看見咱美麗的身體，咱現在想要迷倒的就只有汝而已！」

孔天強徹底無言，看著自己那件穿在璃身上後變得十分煽情的大衣。胸圍和臀圍的差距導致她的曲線被壓得分明，黑色又增添了幾分性感。雖然璃有好好扣上扣子，豐滿的雙峰和白皙的大腿卻若隱若現。這樣的穿法讓璃看起來像個痴女，加上莫名的笑容和狂嗅衣服的行為，彷彿下一秒就會像暴露狂般扯開鈕扣，用淫靡的笑容要人看她的身體。孔天強真心認為眼前這隻狐狸精真的可能會這麼做。

「怎啦，汝為何一直盯著咱看？莫非汝現在想看咱的裸體？」

「沒有。」孔天強立刻撇開頭，下一秒卻感應到一份熟悉的妖氣。

「來得真快，那討人厭的殭屍。」璃忍不住嘆氣。

孔天強從沒想過自己會如此感激李星羅的出現的時機，讓他避免被痴女騷擾的命運。

「親愛的狐狸精大人，您這樣說讓我有點難過啊！」李星羅掛著招牌的噁心笑容從半開的金庫內走了出來：「我只是在遵守商人守時的美德，為何要被這樣說呢？」

「喂，那是咱的東西！」完全不理會李星羅的廢話，璃的視線瞬間集中在對方捧著的金黃色圓球。孔天強也立刻注意到那是璃被偷走的妖力，也就是現在被稱為「狐狸的寶玉」、能夠使用狐狸精魅術的道具。

璃衝上前，粗魯地一把搶回東西並且緊緊抱在懷裡，但沒多久她就發現對方沒有和自己搶的意願，這才稍微緩和。下一秒，她立刻用大衣擦起自己的妖力。

「真是的，居然用汝的髒手碰咱的東西，弄得全是臭味！」

「狐狸精大人啊，我可是好心幫您把東西拿出來喔！居然還被這樣說，就算我再怎樣不要臉也是會難過的啊！」雖然嘴上這麼說，但是詭異的笑聲讓人完全感受不到難過的情緒。

璃把自己的妖力像是擦皮鞋一樣不斷的摩擦、擦到閃閃發亮，接著走到孔天強的面前，把妖力遞到他面前。

「什麼意思？」孔天強的臉上出現明顯的困惑。

「汝還記得咱當初跟汝和妙妙做的約定嗎？」

突然的問題讓孔天強愣了一下，然後馬上想起第一次一起吃晚餐的情況。除了被故意裝可愛的璃陷害之外，他想起那時候還做了約定。因為相隔太久，具體的內容有些模糊，不過大致上的意思還記得。

孔天強想了想，知道璃指的是約定的第二條——若是取回屬於狐狸精的東西，必須先給他們看過後再決定要不要還她。

「不記得。」這是孔天強最後的回應，但璃嗅到了滿滿的謊言氣味，耳朵明顯地顫動一下。「沒有意義，沒有記住的必要。」

「喔……喔——」璃發出奇怪的叫聲，露出奇怪的笑容，那條尾巴不安分地甩動。早已沒有意義。

孔天強很清楚，現在能這樣和璃相處並非是那些約定的緣故，那只是他給自己的藉口，讓他有理由這樣面對璃。

「不過就算這樣，咱還是認為要經過汝的手才可以。」

「為什麼？」

「汝啊，是真的相信咱？搞不好咱在拿了妖力之後會開始危害人類、成為汝口中的邪妖，難道汝不害怕？咱若是真的回復所有妖力，那汝絕對不會是咱的對手，咱就算真心想把汝推倒，汝能夠反抗？」

璃的話拐了太多彎，孔天強完全搞不清楚她到底想表達什麼，只知道她現在嘴上說的事，實際上都絕不會做。

「汝啊，咱認為咱已經說得夠明白了，汝居然還是不懂咱的意思。」看著他困惑的表情，璃忍不住嘆口氣。面對眼前的大木頭，她真心感到無力。「非得要咱把所有事情都說得一清二楚，汝才會懂嗎？」

「有話直說。」

「小兄弟啊，你這麼遲鈍還真是讓人看不下去啊。」李星羅怪笑著插話。

眼前一人一狐的互動，讓他忍不住想到那對吸血鬼情侶，林家昂和亞麗莎。不過林家昂那個宅男不至於像孔天強這麼木頭，該出手的時候還是有出手，才能夠把亞麗莎的肚子搞大，據說最近正在籌辦婚禮。

「雖然千百個不願意，但是咱這次不得不認同這臭殭屍的話，木頭！」

「咳嗯、咳嗯！咱要說的是，汝只要說一句相信咱，咱就很開心了，最愛汝了啾咪！」

李星羅捏著嗓音模仿，搭配上粗啞的聲音，讓人全身起了雞皮疙瘩。

璃回頭瞪了李星羅一眼，忍不住發出厭惡的低吼。這殭屍真是管閒事管過頭了，這件事情若不是孔天強自行發現，根本就沒有意義。

看見璃的反應，孔天強馬上知道李星羅確實說中了她的心聲。雖然不清楚璃為什麼要這麼做，但是在思考幾秒，他一把拿走狐狸的寶玉。這突然的舉動嚇到璃，那對火紅的視線立刻放回孔天強的身上。

「汝……」

「這個還妳。」在璃開口的瞬間他先把話說完，同時把妖力放回她手中：「我相信妳不會成為邪妖。」

看著手中的妖力，璃的心情十分複雜，最後嘆了口氣。

「不行？」

「若是汝能夠自行發現的話，咱會很開心，偏偏有個臭殭屍不懂氣氛多管閒事，這讓咱現在非常不滿。」

「唉呀，真是好心沒好報，幫了這一點小忙還要被人抱怨，但是不幫忙的話又要一直耗在這裡，對商人而言時間就是金錢啊！」李星羅咧嘴攤手，聳聳肩，一副不覺得自己有任何錯的模樣，讓璃恨不得一把火燒了他。

「小兄弟，你還記得那天在蚯蚓精地盤上說的那筆交易吧？」

「記得。」孔天強立刻回答，在看到李星羅的時候，他多少猜到對方是為此而來。「所以？」

李星羅拿出事先準備好的文件，一陣突然的地動天搖讓孔天強接文件的手慢了幾秒。強烈的地震持續了十幾秒，彷彿震央就在臺北市。在臺灣長大，早就習慣地震的孔天強不覺得有什麼，直到看見李星羅臉上那抹詭異的笑容。

在這個瞬間，李星羅明白了妖怪會在背後運行的計畫。

「怎麼回事？」在接過紙袋後，孔天強那對銳利的雙眼盯著李星羅。

「我突然發現我的道行太淺了，我覺得自己夠奸詐了，沒想到妖怪會更厲害，是比我高明許多的騙徒。」李星羅對上孔天強的視線，瞬間嘿嘿笑了起來。他開始有點同情眼前的妖怪獵人了。

「什麼意思？」孔天強的臉色變得更沉。

「就是字面上的意思囉。不過我現在還沒有確切的證據，所以無法當成情報賣給任何人。」

「汝，方才的地震並非自然因素，是否？」

「不愧是狐狸精大人，既然猜對了，那我就隨口說說我的推論好了……不過因為沒有證據，所以請別當真。」李星羅露出招牌的噁心笑容：「五行神獸，掌管大地的神獸為何？」

麒麟。兩人瞬間明白原因。

「我嗅到了錢的味道。這還真是不得了呢，不愧是世界最大的組織，參謀組的能力真的無人能及！真是讓人期待這次能夠撈多少呢……」

看著眼前因為金錢而瘋狂扭曲的臉，孔天強知道李星羅說的是真的，他相信李星羅身為商人的直覺，也因此臉色變得更沉。

「能得到世界第一大奸商的讚美真是讓人開心。」

熟悉的聲音突然傳來，三人的視線瞬間集中在蚯蚓精入侵的地下隧道口。劉家光掛著招牌笑容，拿著一杯咖啡慢慢從中走出。

「沒想到小弟的計謀居然能得到李星羅大奸商的賞識，真是備感惶恐，請問你有興趣買下我的計略嗎？」

「唉呀唉呀，這不是殺手笑容先生嗎？你現在該不會是想來殺賞金榜上的名人，『黑色火焰的影魅』吧？還是你現在是用妖怪會臺灣分會參謀組副組長劉家光的身分出現在這裡？」

「少來了，李星羅，你明明就知道我出現在這裡的理由以及我跟孔天強的關係。」

「那又怎樣？知道這些不代表知道你的真正目的，對吧？」

「不不，你很清楚我出現在這裡的原因，否則不會這麼緊張。」

「我一屆小小的妖怪商人，豈會知道妖怪會的神機妙算呢？」

「汝等，非要浪費時間說些沒意義的話？」看著兩人的太極，璃忍不住翻了個大白眼：「若不說正事，都給咱滾開，真是吵死了！」

「璃啊，妳是不是忘記妳是狐狸精了?怎麼會突然學黑色火焰的影魅講話？」

「少、少囉嗦，咱又不是故意的！」

「我來的目的就在那份資料裡。」逗弄完狐狸精之後，劉家光看向孔天強：「我只是來做額外的說明而已，因為我相信你會有很多疑問。」

「你也算到了這個？」看了看手中的紙袋又看向劉家光，孔天強的眼神此刻充滿警戒。他不知道自己被擺布到了什麼程度、又究竟身處在多大的陰謀之中。

「我應該有說過，不管再怎樣計算總會有意外，不管怎樣思考總會有突發事件吧？」劉家光啜了口咖啡，然後笑了笑：「但是在發生意外後要努力修正，讓一切重新回到正軌、符合預期，才是一個合格的參謀。」

「你所謂的回到正軌，是到什麼程度？」

「汝該不會知道妙妙被抓到哪去了吧?而且一切都和這份資料有關，是否？」這麼直接進入主題，劉家光的笑臉瞬間垮掉，他還想了許多方法想要慢慢導入、讓孔天強冷靜一點，沒想到狐狸精卻破壞了一切。

「姐姐，在哪裡？」

「冷靜一點。」看見孔天強的反應和劉家光的表情，璃馬上發現自己犯下大錯。

「你早就知道姐姐被抓去哪裡了，對吧？」他的話音透出藏不住的怒意：「騙子。」

「有時候欺騙是必須的，為的就是達成目的。」

「別拿我姐姐當成你布局的犧牲品！」孔天強忍不住咆哮，雙眼瞬間布滿血絲、渾身充斥殺氣，聲音在寬廣的空間中迴盪：「如果姐姐有什麼三長兩短……」

「我會以死謝罪。」劉家光打斷他，雖然是十分平淡的語氣，還是讓激動的孔天強閉上嘴。「不用你說，我也會以死謝罪，我沒有那個臉面對我弟弟。」

孔天強瞬間沉默，雖然劉家光拿不出任何擔保，但語氣和眼神讓他知道暫時可以放心。他大力喘息，雖然被劉家光的話堵住嘴，但不代表心中那翻騰的憤怒就此平息。他不由自主地用力，把手中的資料弄得皺巴巴的。

「汝沒事吧？若是汝真的氣不過，咱可以現在就讓他付出代價。」

「不用。」孔天強勉力深呼吸，重新把視線放在劉家光身上。劉家光指了指皺巴巴的紙袋，他才想起手裡的東西。

孔天強不明白妖怪獵人和西妖殲的勾結為何會跟孔天妙被帶走有關，他不認為自命清高的孔家會為了任何目的而拿孔天妙去做交換。

紙袋打開後，裡頭是一份簡介，是關於一個名為「新生代協會」的介紹。除了介紹簡章之外，還附上了活動照片，以證明這個協會確實存在。

孔天強見到幾個熟面孔，在看見孔天虎那張圓臉時，他的臉色瞬間鐵青——

「很震驚嗎？但是小兄弟，你知道我不會給任何假情報。」

看著手中的相片，孔天強額頭上的青筋微微鼓動，相片中不僅有幾個熟面孔的妖怪獵人，有幾張還包括了麒麟，他苦尋多年的仇人。

「你不是不知道麒麟的下落？」

「小兄弟，別這麼氣啊，搞得好像我說謊一樣。我確實不知道他的正確位置、不知道哪裡可以找到他。交給你的是一、兩個禮拜前熱騰騰出爐的最新照片，那時候麒麟才久違地現蹤。」

「你為什麼不告訴我！」

「你沒有問我啊。」李星羅嘿嘿笑著攤手。

「他明明、明明就在這裡……」拿著相片的手明顯地發抖、聲音明顯地打顫、呼吸聲變得沉重，臉因為怒氣脹紅。此刻，他的憤怒達到最高點。「這些照片，拍攝的確切時間是什麼時候？」

「上上個禮拜四，新生代協會成立大會。」李星羅立刻回答，明顯早就準備好了答案：「參與人共計三十一位，最高會長是麒麟。」

「新生代協會」成立之宗旨為培養具有潛力的新生代妖怪獵人與妖怪，並藉由彼此間互相合作，結合兩者力量，關懷社會，促進人與妖的關係和善，改善生活環境，提升生活品質，一同創造美好未來。

這樣的簡介，在身為受害人的孔天強眼中格外諷刺。人類與妖怪的衝突長達數千年之久，雖然隨著時代變遷逐漸轉至暗處，他也很清楚和平共存是唯一的趨勢，但是這樣的未來絕對不是殺害萬人的麒麟所創造。

就他所知，麒麟至少造成了兩次妖災，其中殺害的人數最少有千人。這種背負著無數血腥的邪妖，說要創造和平環境與美好未來，就跟恐怖份子說炸彈都是神明的旨意、能夠帶來和平一樣好笑。

「他們到底有什麼目的？」在深呼吸緩和情緒後，孔天強好不容易才能開口，同時看完了所有名單。

名單上不僅有妖怪獵人三大家及名門的成員，還有許多赫赫有名的高賞金妖怪。扣除麒麟，人類與妖怪的成員人數各有十五名，人數雖少，卻有一定程度的戰鬥能力，若是真的開打，連妖怪會肯定都會陷入苦戰。

「這個我來回答你吧，畢竟這種情報肯定需要收費。」劉家光搶在李星羅前開口，換來李星羅的咋舌。「相信你也清楚名單上人員的戰鬥能力，加上目前掌握到的情報，他們的目的是戰爭。」

「戰爭……又是為了驅逐西方妖怪而發動的戰爭嗎？沒有意義！」孔天強馬上想到數年前西妖殲企圖發起的「聖戰」，因為聖戰的範圍太過廣大，當年妖怪獵人協會以及妖怪會才會一同聯手，並依據不同區域的戰場分別由三大家為主體進行戰鬥。北部為孔家主導的「麒麟討伐戰」，中部為端木家主導的「玄武討伐戰」，南部為羅家主導的「白虎討伐戰」，最終以麒麟與玄武負傷逃走、白虎受到重傷被捕捉作結。雖然以結果來說是妖怪獵人的勝利，卻依舊死傷慘重。

然而他們現在依舊不放棄，依舊企圖殲滅亞洲地區的西方妖怪，至今依然在地下活動著，等待機會再次發動戰爭。

「對你來說沒有意義的事情，對某些人來說卻意義重大。這就跟你之前處心積慮地想殺掉所有妖怪一樣。」劉家光緩緩說道：「所謂的戰爭，不就是如此嗎？」

孔天強無言以對。如果他要說西妖殲愚蠢，就等同認定之前自己的「生存目的」一樣很愚蠢。

「雖然事態尚未明朗，但沒有意外的話，這個協會的存在目的是做為『戰爭的棋子』，同時也是沒有保留必要的棄子。只要稍微用一點利益引誘，他們就會為麒麟拚命，等同間接成為西妖殲的額外戰力。這次的應對會很麻煩，西妖殲明顯做了很多準備。」

孔天強想起最初的「半妖暴走事件」，還有西妖殲四處收集的古老妖怪，如果再加上這個新生代協會，這次的戰爭肯定會比先前棘手許多。

同時，他也想起第一次碰到蜘蛛精時孔天虎的見死不救。其實他並非見死不救，而是因為正在參與實驗，這樣一想，許多事情逐漸變得合理起來。若非「機構」內部有內應，半妖暴走事件不會鬧得這麼大，也不會讓西妖殲這麼順利地發展。

透過一點一點吸收各地的妖怪獵人和強力妖怪，這不僅增加了西妖殲的戰力，也逐漸摧毀妖怪獵人的根基。簡單，但十分有效的計略。

「根據目前掌握到的情報，在北部地區，西妖殲目前解放並控制的古老妖怪共計三隻。數量雖少，但在過去都是被視為天災等級的存在，這場仗不好打。」

「說了這麼多，汝真正想說的話是什麼？」聽到這裡，璃反問劉家光。雖然她已經猜到他的目的，但還是要讓他自行承認。

「根據目前的情報，臺中以北由麒麟負責、以南由玄武負責。雖然戰力完整，但因為白虎目前被羅家封印的緣故，他們單人要負責的戰區擴大，這意味著指揮線被強迫拉長，這是目前唯一有利的條件。北部的規畫是由孔家跟妖怪會聯手，南部則是羅家、端木家和機構，除此之外為了避免妖災，像林家昂這樣的強大存在不會參戰。」

「所以，你到底想說什麼？」

「對方陣容完整，我們需要更強的戰力。現在由我代表妖怪會，邀請目前在北部被評定為最強人類的『黑色火焰的影魅』正式加入麒麟討伐戰，請問你願意嗎？」

雖然是疑問句，但孔天強知道自己別無選擇。

「把我關在這裡這麼久，我還以為天虎嘴上的做客其實是囚禁呢……」

孔天妙被安排在一間布置得十分舒適的房間，並且禁止外出。這裡沒有窗戶，唯一的出入口上鎖且有人看守。不僅如此，她的手機被收走，房間內也沒有擺設時鐘，她完全不清楚到底過了多久。雖然想從送飯來的妖怪身上找答案，對方卻始終不開口。她只知道到現在一共吃了四餐，所以最少過了三十小時以上。

而現在，麒麟正站在門口。

麒麟，現在幾乎以王瑞麟這名字在社會上行動，是個有名的黑道分子。外表看起來四十歲上下，一頭短髮用髮油向後梳，有著黃色瞳孔的眼睛用眼罩遮著右眼，那是五年前受的傷。身材魁武，穿著衣服依然不難看出豐滿的肌肉。

即使孔天妙很清楚因為還有利用價值，麒麟不會殺了自己，但神獸的氣場還是讓她不由自主地顫抖、呼吸困難。

「老夫從沒說過願意招待人類，特別是無名小卒。」麒麟開口，雄厚的聲音讓地面顫動，這讓孔天妙全身肌肉緊繃。不過在這瞬間，她意識到麒麟在五年前受的傷還沒有完全回復。若是五年前，麒麟會更有壓迫力，精神力不足的人類或妖怪通常會當場發瘋。現在僅僅是壓得讓人喘不過氣，完全沒有當年的威力。

「無名小卒？真可愛，既然我是無名小卒，那為何要抓我來？」

「妳是孔天虎帶來的人，黑色火焰的影魅的姐姐，以這兩點來說，對老夫就有一定程度的利用價值。妳是誰一點都不重要，老夫沒有興趣。」

「你在我身上奪走這麼多東西，現在卻這樣說，真是諷刺啊……」孔天妙冷冷一笑，此刻感覺到的唯一情緒是憤怒：「我是先前的孔家三本柱，曾參加過第二次麒麟討伐戰！我在那場戰爭中被你奪走未婚夫、腹中的孩子、正常的行動能力，你想起來我是誰了嗎！」

「妳會記得妳殺過的蟲子嗎？」面對她的嘶吼，麒麟只是平淡地反問。

麒麟的反問，搭配上目空一切的眼神，讓孔天妙一陣惡寒。她感覺自己無比渺小，渺小得不足以入眼，對眼前的妖怪來說，殺死自己就跟捏死螞蟻一樣簡單。

「既然如此，你有必要留住我這隻蟲子嗎？」並沒有因為刺骨的寒意而停止獲取情報，孔天妙盡力壓抑自己的不安與激動，避免亂了方寸後什麼都得不到。「你該不會是想現在把我踩扁吧？」

「妳明明很清楚，還有利用價值的話老夫就不會殺了妳。」麒麟緩緩咧開嘴、露出一口尖牙，形成一個猙獰的笑容。

那笑容讓她想起那個夜晚，彷彿再次嗅到了名為「死亡」的氣味。散播死亡的時候，麒麟就是露出這樣的笑容。

「所以、所以我只要不被你利用，就算我贏了，對吧？」她的聲音開始顫抖，那一夜的一幕幕再次浮現。她還沒意識到，讓她不安及恐懼就是麒麟的目的。

「老夫不會讓妳有機會自殺，所以老夫才會到這裡。」

「據我所知你不會任何控制人心的妖術，麒麟會也沒有那樣的人才，所以你們才會需要我家那個小可愛的妖力，我倒想看看你打算怎麼控制我。」

「人類就是人類，虛累幾年的愚智居然妄想猜測老夫的千年智慧，真是可笑至極啊！」麒麟嘲諷地笑了起來：「控制妳的人並非老夫，而是妳自己。」

「你在五年前的討伐戰一定傷到了腦子，要不然……」孔天妙打住，她明白了麒麟所說的究竟是什麼意思——他看見了另一個她，那個黑色的她。

心魔。

「你想用我的心魔控制我？不，這不可能！你不可能控制我的心魔！」

「愚蠢，真是愚蠢！」麒麟低聲笑著，那張猙獰的臉越來越扭曲，已經到不能用「人臉」來形容的程度。「你們到現在都還沒有發現嗎？那讓老夫問妳吧，妳的心魔是何時出現的？」

「到底、到底是怎麼回事……」

「黑色火焰的影魅也一樣，居然天真地認為能夠使用妖力是因為對老夫的憎恨。錯了，大錯特錯，人類的自以為是終究害慘了自己啊。老夫在他討伐螞蟻精時就知道真相了，你們卻依然不理解。」

「到底是怎麼回事，你的意思是天強也會有危險嗎！」一聽對方提到孔天強，故做鎮定的理性瞬間瓦解，事情完全出乎她所知的——

如果孔天強的力量並非大家認定的那樣，那究竟是從何而來？

答案肯定是個不定時炸彈，全看麒麟想怎麼利用。孔天妙很清楚這樣不行！

「老夫，在等的就是現在。」麒麟彈了下手指，孔天妙的心魔立刻撲到她身上，並融進她的身體裡。孔天妙的意識瞬間滲進一大片的黑暗中，她試著反抗，視線卻越來越模糊。漸漸地，眼前只剩下一個光點，彷彿在一片黑水之中，一股力量正拚命將她向下拖，她只能眼睜睜看著光點慢慢遠離自己。

心魔的力量遠比先前強大，強大得令她完全無法反抗。

孔天妙的身體因掙扎而不自主地震顫，劇烈的顫動讓她摔下輪椅、撞到腦袋。撞擊讓她瞬間停下動作，幾秒後卻緩緩站起身，臉上出現一抹詭異的笑容，一腳踹開了輪椅。

「人類還真是脆弱啊，如此簡單就被支配。」麒麟冷笑著，轉身離開。

「現在、現在是時候修正一切的錯誤了……」被心魔附身的孔天妙在原地低喃。

FOX SPIRIT

>>> Chapter.7_ 戰力破壞作戰之前，所有演員都到齊了

臺北的地底有條龍脈，根據傳說，這條龍脈就是今日臺北能夠繁華發達的原因。不過真相總是無聊得讓人發笑，雖然不清楚當年錦上添花的那些人的目的，但是所謂的「龍脈」和臺北城的繁華並沒有關係。

那條被添上傳奇色彩的「龍脈」，說穿了就是全臺灣靈脈最終的匯集地，所以靈力濃度遠比其他地方高上數十倍。這並不是臺灣特有的現象，日本的靈脈匯集地在東京、美國的在華盛頓、英國的在倫敦，這些著名城市都是靈脈匯集處。會將這些地方選為首都也並非靈脈能夠帶來繁華，而是為了就近看管這些「不定時炸彈」，以免被有心人士利用。

靈力濃度越高，對妖怪獵人或是妖怪來說都越有吸引力。無論法力還是妖力，最初的起源都是靈力，若是在這種靈力強的地方修行或療養，能夠讓力量迅速膨脹。當然也並非只有好處，接觸高濃度的靈力過久，容易導致經脈混亂而走火入魔，反而成為一個廢人。

然而如此豐美的資源不可能白白放過，有人想到用「引渠」的方式，將靈脈內的靈力透過管路引導出來。無論是何處的首都，肯定都有一條古老的下水道系統，在過去那並非只是用來排水，同時也是國家級妖怪獵人修行的地點。臺灣也不例外，日據時期，日本人就在臺北城地下構築了這種負責引渠的下水道。

只是隨著時代變遷，這些地方就如同妖怪和妖怪獵人一樣漸漸被社會遺忘，古老的下水道開始一條一條地封閉。臺北城的下水道也被新式下水道給取代，直到「第二次麒麟討伐戰」才讓人重新想起這個地方的存在。

孔天強看著眼前的破舊入口，沒有想過自己會再次站到這裡。眼前的下水道是「第二次麒麟討伐戰」的主戰場，時隔五年，這裡再次成為戰場，只是殲滅的目標並非麒麟，而是西妖殲從各處找來的古老妖怪。

再次站在入口，孔天強的身分已經截然不同。這次他並非毫無戰力的後勤人員，而是本次作戰的正式參戰者。

眼前的下水道在「第二次麒麟討伐戰」後，為了避免再次遭到心存不軌的妖怪濫用，在妖怪會的協助下以強力的結界封印，並交由機構管理，目前的負責人便是孔天虎。因為他的叛變，麒麟才有機會再次使用這個地方，將找回來的古老妖怪安排至此處療傷，在正式的戰爭中便能將他們投入戰場成為強大戰力。屆時戰爭的規模肯定會失控，造成的損害將無法估計。為了避免最糟糕的事態發展，妖怪會和機構決定將掃蕩此處作為作戰計畫的第一步。

雖然不明白妖怪會背後在計畫什麼，但孔天強知道這是救回孔天妙的第一步。

「汝沒事吧？」璃一臉擔心地抓住他的手，略高的體溫成功地吸引了他的注意力。

「汝正在發抖呢？」

孔天強這才注意到自己不斷顫抖的身體，不過他知道此刻顫抖的原因並非恐懼，而是來自許多複雜的心情。對孔天妙的擔心、對未來的不安、對復仇的興奮，以及對仇人的憤怒。

「我沒事。」在深吸一口氣後，他用一如往常的平淡語氣說道，同時一隻手按上璃的腦袋，因為難為情而小小聲地說：「謝謝。」

「害怕並非丟臉的事情喔？咱可以抱抱汝來安慰汝幼小的心靈喔？汝若是要順勢推倒咱的話，咱們可以去旁邊的暗處。」

「滾！」孔天強立刻斜眼看向她，收回自己的手。

如同往常的反應讓璃喀喀笑了起來，孔天強知道自己又被耍了，忍不住嘆氣。

就在此時，璃注意到不遠處的倉月紅音，馬上意識到妖怪會主導的計畫，倉月出現在此處也沒什麼奇怪的。倉月明顯正在尋找什麼，讓狐狸精的臉瞬間僵住。

「少來了，汝雖然這麼說，但其實很想要現在就撲上來吧？」璃用倉月也能聽見的音量說道，當然，這音量也吸引了其他不相關人士的注意，但現在只想保護自己「地盤」的狐狸精才不管這些。她咧開嘴，看著倉月漸漸鐵青的臉色繼續說：「就像昨・天・一・樣！」

「滾！」雖然不懂璃的葫蘆裡賣的是什麼藥，但周圍的視線刺得孔天強渾身不舒服，讓他忍不住低吼，同時試著向周圍的視線解釋：「我什麼都沒做！」

「討厭，昨夜汝不是讓咱跨在汝的腰上？汝不是抱住了咱？咱不也承諾了，會給汝生一窩小狐狸嗎？」

「嘖！才沒有！」

「汝的否認，難道是在指責咱所說的都是騙人的嗎？」璃那兩道漂亮的眉毛立刻皺成八字、眼眶漾起水氣，用一副楚楚可憐的表情看著孔天強。那神情光用看的就讓人心疼，不少人開始唾棄起孔天強的始亂終棄。「咱、咱才沒騙人……」

「妳有！」孔天強依舊努力反駁，為了自己的清白，他沒有任何心軟。但他還不知道，那表情其實不是給他看的。

「汝必須對咱負責，這个是天經地義的事情嗎！」

「黑色火焰的影魅才不會做這種事情，妳這隻狡猾的狐狸精不要亂說話！」已經按耐不住的倉月衝了上來，硬是插進孔天強和璃之間，惡狠狠地瞪著狐狸精：「妳竟然這樣陷害他，妳這個邪妖！」

「汝是誰？」璃微微歪頭，露出困惑的表情：「咱認識汝嗎？」

「妳……」倉月正想大吼，但馬上把怒氣吞下去，察覺到這是狐狸精的詭計。

「既然咱們不認識，汝為何要插進咱和咱——的孔天強調情的時間？還是汝真的認為這男人不用對咱肚子裡即將出世的小狐狸負責嗎？」

「已經、已經懷孕了嗎？」倉月愣了一下。

「沒有！」

「現在沒有，但是以後肯定會有。所以咱才說『即將出世』啊，咱可沒說咱已經懷孕了喔？」

「妳、妳這骯髒的妖怪，少在那裡亂說話！少在那裡欺騙大家！」璃臉上挑釁意味十足的笑容讓倉月終於忍不住地大叫，崩潰的神情讓璃開心地甩起了尾巴。

「咱才不髒呢，咱昨晚可是洗得香噴噴的，要不然那蠢驢才不讓咱上他的床！」

「臭死了！臭死了！等等，你們、你們昨天一起睡？」

看著兩人的互動，孔天強的腦袋痛得說不出話。連插句話辯駁的餘地都沒有，兩個女人的強烈炮火讓周邊的人漸漸遠離、躲到遠方看熱鬧，同時開始猜測到底是什麼狀況。然而沒有一個是對孔天強有利的猜測，不是猜他腳踏兩條船就是始亂終棄找小三。

孔天強只能無奈地嘆口氣。

「啊，天強哥。」突然的聲音傳來，孔天強轉頭一看，是林家昂。他的臉上立刻出現困惑，林家昂不是不能出現在這裡？

「啊，我今天負責的是外圍組，畢竟不能保證不會有漏網之魚。」看到孔天強臉上的疑惑，林家昂立刻說：「而且根據家光哥的說法，只要別直接跟麒麟作戰，其實大部分的狀況下都是沒問題的。」

「外圍組有誰？」孔天強還顧四周問道。他到現在還沒看見劉家光，雖然昨天揍了他一頓，不過有即時被拉開，對方今天應該不致於完全無法走路或作戰。

「我——然後就沒有其他人了。」林家昂的臉上出現燦笑。

孔天強愣了愣，明明用「組」來稱呼，卻只有林家昂一個人。而且就他所知，下水道的出入口不只有這裡一處，最少有三十個，而且每一個都相隔三公里以上，他不相信林家昂可以一個人應付這麼多出口。

「沒問題？」

「應該是沒有，而且這樣對我來說很棒，這麼血汗的做法真的是超讚的。」林家昂嘿嘿地笑了起來，臉上出現扭曲的笑容：「而且只要放跑一隻就會被扣薪水，小孩子的尿布奶粉錢就會減少，這樣造成的精神壓力真的讓人全身酥麻，真、真的太棒了，然後如果被扣錢的話，一想到亞麗沙的表情……」

林家昂說著說著居然全身顫抖起來，孔天強忍不住皺眉，全不敢想像他到底在做怎樣的妄想，同時開始擔心對方曾不會因為想被扣工錢所以刻意放跑幾隻妖怪。

「不對、不對，抱歉，有點想過頭了。」突然意識到自己在公眾場合，深吸幾口氣後，林家昂迅速回復冷靜。他看向爭得臉紅脖子粗的倉月以及一臉狡猾的璃。「她們是在吵什麼，吵成這樣子？」

「不知道。」到現在孔天強還是不清楚她們究竟為何爭執，只知道焦點已經不再是自己，既然如此就怎樣都好。

「不過她們的感情真好。」

孔天強立刻皺眉。

「你的眼睛有問題。」而且還很嚴重。

「不不，我是很認真的喔，天強哥。」林家昂明白他的意思，所以接著解釋：「其實我認識倉月差不多有半年了，還是第一次看到她這樣跟人講話。在這之前她不是不講話就是難得開口卻只說幾個字，身上的氛圍和天強哥很像呢。」

孔天強馬上想到璃之前說過，倉月紅音簡直是女生版的他。

「呃，天強哥，怎麼了嗎？」

「沒事。」孔天強搖了搖頭，再次看向爭執的兩人。

他以為他會有一個立即且明確的答案來解釋自己的改變，但事實並非如此。讓他改變的因素太多，不過他很確定一切都是從那隻狐狸精開始的。

雖然不知道答案，但那已無所謂了，現在最重要的事情就是打倒麒麟、救回孔天妙，然後三個人一起重新過上正常的生活。

這樣的想法讓孔天強知道自己對妖怪的恨意已經沒有以前那麼濃烈，取而代之的是感謝以及——

「大蠢驢！」璃狠狠一敲孔天強的後腦，打斷了他的思路、得到他的憤怒，璃卻不停手，過分地多敲了好幾下才說：「汝快說清楚，汝是咱的男人！」

被偷襲敲出滿額頭的青筋，再加上無厘頭的要求，孔天強惡狠狠地瞪向璃。被凶惡眼神對待的狐狸精卻依然不覺得自己有錯，一臉自信地看著孔天強，尾巴還不斷甩著。

「滾！」

「汝快說，說了之後咱就不吵汝了，咱現在只是要確認咱的勝利！」

「妳居然、居然……沒想到妳不只毆打黑色火焰的影魅，還用這種卑鄙的講法強迫他！信不信我滅了妳？」

「孔天強，快告訴咱答案！」

「影魅，難不成你已經墮落到連這種妖怪也要嗎？雖然我不是很懂，但、但是如果身為男人，你真的有那個想法的話……我、我其實也可以……」

「汝這勾引別人男人的狐狸精，給咱閉嘴！」璃叫著打斷倉月的話，尾巴上的毛緊戒地豎起，喉頭不斷發出威脅的低吼：「汝就不怕遭天譴？」

「妳才狐狸精，妳全家都狐狸精啦！」

幼稚又莫名的吵架內容讓孔天強立刻轉頭，想向林家昂求救，但不想捲入麻煩的林家昂早就悄悄溜走了。他只能無奈地嘆氣，完全不知道要怎樣處理。然而下一秒他的臉皮立刻繃緊，看見孔天龍從遠方出現，明顯是朝孔天強的方向走來，銳氣的眼神讓孔天強以凶惡的視線回敬。

「沒想到你也來了。」孔天龍站到他面前，用著一如往常的冰冷語氣說道：「我以為你不會出現，以為你會逃避。」

「我不是本家的人，所以我不懂逃避責任和義務。」孔天強也已十足冰冷的語氣回應。

兩道銳利的視線碰撞、如同冰塊的語氣相觸，現場的氛圍瞬間一變，宛如氣溫驟降般讓周邊的人打了個冷顫，也阻止了一旁一人一狐的爭執。

「我會殺了孔天虎，他出賣了姐姐。」在互瞪半晌後，孔天強緩緩說：「如果姐姐受到任何傷害，我會毀了本家。」

「你做不到的，分家的恥辱。孔天虎是我弟弟，本家的人本家會自行處理，輪不到分家的人插手，更不用說早被逐出家門的你。完全不懂你這軟弱無力之人在這裡做什麼，找死的話請去別的地方。」

「我已經和以前不同，而且如果不是本家的人，姐姐也不會遇到危險！」

「看不出來啊，孔天強，這次你打算犧牲誰來讓自己活下來？」

「你──」孔天強就要撲上去揍眼前可恨的男人，卻被一股力量揪住後頸，孔天強立刻回頭：「別妨礙我！」

「汝啊，若是真的在此處和他動手，對汝不太好。若他的目的是要汝離開這裡，那在汝揍他的瞬間他就贏了，汝快找回平常的冷靜吧。」

孔天強立刻停下動作，但握緊的拳頭卻怎樣都放不開，孔天強瞪著孔天龍的冷臉不斷大力喘息、腦袋發暈。

「至於汝……」那對火紅的視線落在孔天龍身上，瞬間變得銳利，如同掠食者見到獵物般的眼神讓孔天龍本能地退了一步。「咱不懂汝這樣挑釁的意味為何，汝在挨揍後想做什麼咱不知道，但汝若是再來，咱就會親自動手。」

面對璃的威嚇，孔天龍警戒地上下打量眼前的狐狸精。雖然璃已經刻意隱藏自己的妖力，但經驗豐富的戰鬥老手依然看得出端倪。孔天龍知道璃並非說說而已，她是真的有能力對付自己。

「汝這樣打量咱讓咱非常不舒服，若是再繼續咱一定挖出汝的眼珠。這世上能夠這樣打量咱的雄性，只有孔天強而已！」

孔天龍冷冷一笑，轉身離開。在這瞬間，璃從對方臉上察覺到些許的異樣感。

孔天強狠狠瞪著孔天龍的背影，被激起的怒氣至今無法平復。雖然知道這次的行動機構有參與，孔天龍一定會來，他也以為自己能夠冷靜應對，但沒想到簡單幾句話就讓他徹底抓狂，若不是有璃，自己早就撲上去開揍了。

璃看了看兩人，小小的狐狸腦袋開始轉呀轉，她突然意識到一些古怪之處。舉例來說，若是孔天龍真有這麼恨孔天強，那肯定會找機會弄死他才對，例如在作戰中陰他讓他陣亡，才不會在這種顯眼的地方逼孔天強動手。但是若是說要保護孔天強讓他離開作戰又不太像，那眼神中透出來的僅有冰冷。

「狐狸，剛剛那個人是誰？」在孔天龍走遠後，倉月悄悄地走到璃身邊低聲說道：

「雖然不是妖怪，但是我討厭他。」

「嘖嘖，居然連這也不知道，汝不是自稱自己是黑色火焰的影魅的頭號粉絲？」璃嘲諷的語氣換來倉月的咋舌：「那是大蠢驢的堂哥，不僅汝討厭他，咱也覺得他噁心，真難得咱們的想法相同。」

「真讓人噁心，臭狐狸精……」

「噁心？汝又要說咱臭？咱身上的氣味可是有大蠢驢的認證，別以為汝再胡說咱就會受傷！」

「妳……總有一天，我一定會殺了妳！」

兩人重啟的爭吵讓孔天強的視線從孔天龍身上移開，雖然還是不太明白到底在吵什麼、有什麼好吵的，但看著她們的互動還是讓他鬆開了拳頭。

「啊，倉月，終於讓我找到妳了！」一個從沒見過的生面孔往這邊走來，是個看起來約三十歲的男人，有著一張非常平凡的臉，一副路人甲的長相。「副組長很擔心妳喔，怎麼什麼都不說就突然不見了？」

從那男人身上的氣息，孔天強知道對方是妖怪，同時間，原本一直在和璃吵架的倉月閉上了嘴。

「啊，你們好……你就是黑色火焰的影魅？」男人露出友善的微笑，對孔天強伸出手：「我是鳳凰組的成員，名字叫張家和，叫我阿和就可以了。」

孔天強看了看他的笑容然後又看向他的手，遲疑幾秒才握住，晃了幾下便立刻收回。

張家和的臉上出現一絲驚訝。

「我有點嚇到了，原本以為黑色火焰的影魅恨妖怪入骨，而且不好相處，我其實做好被拒絕的心理準備了，但沒想到最後你會跟我握手。」

一旁的璃瞬間笑出聲來，這讓她同時被孔天強以及倉月瞪了一眼。

「禮貌。」

「我以為黑色火焰的影魅不會跟妖怪講禮貌……啊，不好意思，因為我這個人不太會說謊，講話都比較直接，還請不要見怪。」

「不會。」孔天強其實也不怎麼在意，對方說得確實是事實。如果是過去，他肯定完全不會理他，甚至還會考慮把張家和的手弄斷。

「果然傳聞就是傳聞，黑色火焰的影魅很友善啊！」

面對這樣的評價，孔天強的臉皮緊繃，一時間完不知道要擺出什麼表情。

「不過，要是眼神中的銳氣和殺氣沒有那麼重的話就更完美了，畢竟影魅本人真的是個大帥哥啊。那眼神卻讓人不想靠近你，這真的有點可惜呢。」

「嗯，這點咱真的不能認同更多了。」

「總之，謝謝你們照顧倉月，雖然是個讓人頭痛的傢伙，但她也是我們的組員。」

「應該的、應該的，照顧這樣的小鬼是咱們這些大人的職責。」璃立刻對倉月露出笑容，在倉月眼中看起來十足諷刺，讓她本來就不怎麼好看的臉色變得更差，看起來就和孔天強差不多。不想在這裡繼續被狐狸精羞辱，她立刻轉身走人。

這樣的勝利讓璃甩起尾巴，又大聲補上幾槍才滿意地閉嘴。

就在以為倉月落荒而逃的時候，她卻突然停下了腳步。璃準備好再吵一場，但對方臉上滿滿的不甘心讓她知道倉月停下來並不是為了鬥嘴。

「怎啦，汝有話要說？」

「總有一天，會是我陪著他戰鬥……不過那一天還沒到，所以只能先交給妳。」倉月的身軀微微顫抖，不甘地看向璃：「狐狸精，妳一定要帶他回來！」

「這種事情不用汝說，咱也會做到啦！還有汝一輩子都不會有那樣的機會，汝可以放心，在大蠢驢身邊的一定都會是咱。」

「閉嘴！」孔天強立刻低吼：「別亂說。」

看著兩人的互動，倉月忍不住皺眉苦笑。雖然很不甘心，但她看得出來璃說得沒錯，也慶幸自己有來這裡做最後的確認。她知道現在的自己完全介入不了他們之間，必須要再提高自己的實力才行。

她轉身離開，雖然短時間內變強不太可能，但是有件事情只有自己辦得到。張設好結界、確保作戰順利，這就是她現在能為黑色火焰的影魅做的事情。

「有機會的話再和兩位聊聊，老實說我一直對黑色火焰的影魅很感興趣。」張家和說完，立刻轉身去追倉月紅音。

「現在的汝怎麼想呢？」兩人走遠之後，璃微笑著看向孔天強：「妖怪和人類真的有這麼大的區別嗎？」

突然的問題讓孔天強愣了一下，一臉不解地看著收起笑臉的狐狸精，不太懂璃突然這麼問的意義。

「咱們等等要一起作戰了，若是汝依然對『妖怪』與『人類』的差異耿耿於懷、依然放不下那一丁點的成見，那咱認為事情不會順利進行。」璃輕甩著尾巴說道：「咱知道汝已經不把咱和其他妖怪當成同類，但這不代表一切能夠順利，就像汝剛剛和那男人的交談，那瞬間的猶豫可能會殺了大家。」

「我盡量。」孔天強知道璃所說得沒錯，這次是人類與妖怪一同並肩作戰，若是依然對妖怪帶著敵意，哪怕只是一秒，那一秒的猶豫可能就會讓人送命。

「不過面對這些雜魚，咱相信就算只有咱們也就夠了。汝的身邊有咱、咱的身邊也有汝，汝是咱的男人，咱對汝有信心。」嘴上雖然這麼說，不知道為什麼，野獸的警鐘卻不斷敲響，她有種不好的預感。

「我不是妳的。」

「結束後咱有很多事情想做，到時候咱一定會讓汝承認。」璃的臉上再次出現狐狸式的壞笑，明顯在盤算什麼，孔天強忍不住皺眉。

不過他很清楚，不管眼前的狐狸精想要做什麼，自己再怎樣反抗，最後還是會栽在那狡猾的魔掌上。

「總之，先調整好心情吧。」

「嗯。」

「汝會害怕嗎？」

「不會。」

「咱也不怕，因為有汝在咱的身邊。」璃牽住孔天強厚實的手並且扣住指頭，讓他想跑也跑不掉：「因為汝的存在就能讓咱安心。」

突然的撩男發言讓他完全不知道要怎樣回應，感覺不管說怎麼都會掉入璃那句「汝是咱的男人」的陷阱之中。吃太多悶虧的孔天強現在不管說什麼都很小心。

「對自己有信心一點吧，咱保證這次一定有別先前，所有人一定都能平安無事。」

雖然心中懷疑著，他卻很快注意到，璃的話語在不知不覺間給了他勇氣。

FOX SPIRIT

>>> Chapter.8_ 所謂的狐狸精就是不小心就會勾引男人的生物

「滴、滴、滴……」水滴的聲音不斷在下水道中迴響，加上手電筒有限的燈光，整個氛圍多了幾分恐怖，原本就神經緊繃的戰士們變得更加謹慎。

下水道雖然停用許久並封閉多年，但空氣還是十分潮濕。牆上布滿凝結的水氣及滲水的痕跡，讓這裡多了幾分鬼屋的氣氛，空氣中瀰漫著一股青苔混合小動物屍體所散發出的噁心氣味。

難聞的臭味和水滴聲讓孔天強想起五年前那一夜，在踏進下水道的瞬間便不由自主地握緊拳頭，銳利的眼神帶了沉重的殺氣。

見敵必殺，他不斷在心中默念，然而眼前有個更嚴重的問題。

孔天強這一組除了他和璃之外，還有兩個妖怪跟一個人類。組長是那個人類，一名約三十歲的男人——來自機構的李家瑞。

孔天強對這個男人的印象極差，對方在見面的瞬間就展現了對他的明顯不屑，除此之外，看著璃的眼神更是各種下流。雖然李家瑞的行為、語氣和眼神讓孔天強各種不滿，不過他還是忍耐著。如果璃說得沒錯，眼前的男人有可能就是孔天龍派來的「刺客」，目的就是要將他逐出這次的行動，所以他絕對不能動手。

不過如果真的要單挑，若是不用「妖化外裝」，根據孔天強手邊握有的情報，他知道自己會陷入苦戰。那傢伙雖然下流又自大，卻是機構的組長，在妖怪獵人中也小有名氣。

「汝啊，咱們找個好一點的時機離開他們吧。咱真心覺得噁心，沒想到被人用下流的眼神看著會這麼不舒服，咱能理解汝的感受了，咱以後會比較少用這種眼神看著汝……」

孔天強知道璃是認真的，她確實體會到什麼叫視姦，但那跟她會不會遵守承諾是兩碼子事。即使如此，他還是點了點頭。

「喂，作戰中講什麼悄悄話？就不怕聲音被敵人聽見嗎？」兩人的行為被李家瑞看見，他立刻大聲喝斥，完全違背自己說的「作戰基本規則」。他一把推開孔天強，站到璃的面前，那張有點方的臉露出猥褻的笑容。

「妳啊，有什麼事情跟我講就好了，我可是組長啊！何必跟其他不能決定事情的人講悄悄話？」

「汝雖然說太過大聲會吸引敵人，但是最大聲說話的是汝啊，蠢貨。」璃向後退拉開距離，雙手抱胸，用女王般的眼神看著眼前的猥瑣男並冷哼口氣。

「喂、喂，妳到底知不知道妳在跟誰說話？」李家瑞的額頭浮出跳動的青筋：「信不信我殺光你們？」

那語氣帶著明顯的殺氣，在場所有人都知道李家瑞是真心要殺了他們兩人。

「不好吧，組長……」

「沒有必要在這裡折損戰力……」

另外兩個妖怪組員立刻開口阻止，雖然很清楚問題出在李家瑞身上，但光是這樣勸戒就已經冒著火燒上身的風險，所以他們沒有打算指責這下流的男人。

「戰鬥力？不好意思，我從來沒有把你們這些廢物當成戰鬥力。你們該不會不知道我是誰吧？我是『白幡閃光』李家瑞，再怎樣也能獨自狩獵B級的妖怪。你們認為我會需要你們？居然還有膽在我面前提戰鬥力？」李家瑞說著冷笑起來：「真是的，為什麼要分這種垃圾組員給我？真搞不懂孔天龍到底在想什麼！三個幾乎察覺不到妖力的妖怪和一個被放逐除名的廢物獵人，我是來殺妖增加功績的，不是來當保母的！」

這段話讓璃知道眼前大放厥詞的人類其實沒有那麼厲害，他很明顯察覺不到她刻意隱藏的妖力，也觀察不出來孔天強的戰鬥能力。

「殺了咱們，咱看汝怎麼交代。」面對鬼叫的男人，璃依然不改面色：「咱真懷疑汝是否有腦。」

「居然說我無腦……也對，你們這種沒名氣的小雜碎根本不知道這種大規模戰爭的可怕。在這樣的戰爭中犧牲是常有的事情，相信只要好好地這樣說明，大家一定會理解。」李家瑞咧嘴獰獰一笑，充滿狼性的眼神看向試圖阻止他的兩個妖怪組員：「你們也想要先提前犧牲嗎？反正沒有我，你們被殺死也是遲早的事，這樣的弱小妖怪和廢物獵人根本死不足惜！」

那發言和眼神讓兩個妖怪組員立刻噤聲，璃則是溜到孔天強背後，用手指在他的背上寫字。

汝不打算保護自己的女人嗎

孔天強愣了一下，接著回頭瞪她一眼，沒想到在這種情況下狐狸精居然還敢開玩笑。看見他的眼神後，璃立刻又寫下三個字並踢了他的阿基里斯腱一腳——

大蠢驢

他雖然感到疼痛，但敵人在前只能裝沒事。他完全不懂狐狸精到底在玩什麼把戲，首先璃根本不是他的女人，再來他不認為璃需要任何保護。他很清楚璃真正的實力，完全回復妖力的她若是認真起來，孔天強絕對不會是對手。

「喂，那邊的蠢狐狸精，要是聽得懂老子的意思的話，還不快點到我身邊？」李家瑞的視線重新回到他們身上，同時兩手在胸口不斷做出抓捏的動作，再配上淫蕩的笑容，就算孔天強再單純也秒懂到底是什麼意思。

「要咱站在汝身邊呼吸和汝相同的空氣，那咱還不如去死比較痛快！」璃從孔天強背後探出頭來，做了個大鬼臉：「汝若是要做夢就回到被窩中，拜託別說夢話了，滾！」

「原來如此，我懂妳這賤人的意思了。」李家瑞掏出一張白色符咒，下一瞬間被靈火燃燒殆盡，符咒化成一把銀白長劍，他用充滿殺氣的眼神瞪著他們：「反正就先殺了那個男的，再挑斷妳的手腳筋……女人就算沒有手腳，一樣能用！」

他一個箭步衝出，但是那速度和蜘蛛精相比，在孔天強眼中簡直慢得像是慢速播放。孔天強從容閃過刺向他的白光，然後左手反抓住李家瑞的手腕，順勢揮出右拳，借力使力的拳頭猛擊他的腹部，發出可怕的聲響。李家瑞的雙腳在瞬間離地，最後整個人重重地雙膝落地。

「還要繼續？」孔天強睨著跪在地上的人低聲說道，冰冷的眼神讓李家瑞的身體本能地打顫：「繼續打，對你沒好處。」

李家瑞完全搞不清楚剛剛是怎麼回事，前一秒他是發動攻擊的那一方，但一回神，自己居然跪在地上，不僅腹部傳來劇痛，還被孔天強傲視。他對自己的速度十分有自信，也因此才能得到「白幡閃光」的稱號，但剛剛自己的行動明顯被徹底看穿並遭到反擊。李家瑞想站起來，然而才稍微一動胃部立刻翻騰，強烈的腹部壓迫感讓他瞬間吸不到空氣。

其實意外的不僅有李家瑞，孔天強那張冷臉下也有著不少驚訝。在他的印象中，機構組長級別的人物都是佼佼者，真的打起來一定會陷入苦戰，現在其中一個組長卻被他一拳輕鬆解決，而且自己還沒被傷到半分半毫。

李家瑞確實不弱，孔天強的印象並沒有錯，只是他完全沒有注意到自己已經變強許多，加上之前的對手都是強大的妖怪，所以才沒有變強的感覺。

「你、你……」李家瑞才開口就立刻吐了滿地，拳頭的後勁還讓他差點失禁，但他依舊嘴硬：「你居然敢揍我……我要以妨礙公務的罪名逮捕你！等一下、等一下一定要聯絡支援，把你們抓起來！」

「照汝的說法，作戰中總是會有意外的啊，雜魚。」璃又從孔天強背後探頭出來，雙眼露出妖異的紅光，再搭上猙獰的笑容，看起來十足邪氣：「那麼，汝為了守護組員而奮身戰鬥，接著不幸身亡，汝覺得這樣的說詞如何呢？」

對於璃的發言，孔天強完全沒有打算插嘴或是阻止。他很清楚璃並非真的有那個意思，這就是一如往常的「談判」，是她最擅長的領域，所以他只需要旁觀即可。

璃的發言和那份邪氣讓李家瑞不由自主地打了個冷顫，又看向繃著臉的孔天強，冷漠的神情讓他瞬間感到生命危險。

「我、我不會說的！」李家瑞立刻改口，但不小心喊得太大聲，胃裡又是一陣翻攪，吐完後接著說：「我、我一定不會說！」

「咱怎知道汝說的是真是假？汝這小人要出爾反爾簡直易如反掌，汝說是不？」

「我、我才不是小人！我一定、遵守約定！」

「不然這樣好了，咱留汝一條狗命，但是咱必須割掉汝的舌頭以防汝多嘴、剁掉汝的手指以防汝寫字，咱認為這是現在最可行的條件了。」

孔天強瞬間覺得身後的不是狐狸精，而是披著狐狸皮的惡魔。

「拜、拜託，我還有一個兩歲的小孩要養……上面還有一對高齡的父母，我真的、真的知道錯了……」

「汝啊，在企圖做壞事的時候真的有想到他們？事到如今又拿他們出來說嘴，企圖博得同情，咱真心覺得可笑，也覺得汝噁心醜陋。」

「嘻嘻嘻嘻嘻……」突然傳來了笑聲，同時一股寒氣襲向在場的所有人，除了璃之外沒有人理解這到底是什麼東西。

狐狸精的臉色瞬間變得難看，她知道這股妖氣是來自怎樣的妖怪。原本以為現代的醫療技術導致其完全絕跡，沒想到還有殘黨，更沒想到會在這裡碰見。

「快後退！」璃揪住孔天強的後領迅速往後拖，另外兩個妖怪先愣了一下，然後馬上跟著往後撤退，只留下依然因腿軟而無法移動半步的李家瑞。

看到他們瞬間離自己十公尺以上，李家瑞知道自己逃過了一劫，立刻鬆口氣試著站起身。然而顫抖的雙腿一直不聽使喚，加上腹部的疼痛，讓他一邊努力一邊盤算著事後要怎樣找他們算帳。

他一定要殺了孔天強，甚至打算在他面前玩弄他的女人後再虐殺，當然也不會放過那兩個可以當證人的妖怪。

就在腦內的計畫正順利執行時，他注意到那四對眼睛正觀察著自己，這時才意識到那句「快逃」到底是什麼意思。一股寒氣再次襲向他的後脊，惡寒讓他的雙腿再次無力跪地。他感覺到自己的衣角被扯了幾下，回頭一看，是個皮膚黝黑、看起來約七八歲的小孩，正衝著自己笑。

正常人都知道這種地方不會有孩子，更不用說是散發著危險氣息的小鬼。

「叔叔，來玩嘛，陪我玩！」

「可惡——！」李家瑞立刻召喚出白劍朝小鬼揮下——

「嘻嘻嘻嘻嘻……叔叔，砍到我了呢。」小鬼雖然被劍砍成兩半，但是並沒有因此尖叫或呈現死相，依然嘻嘻地笑著，彷彿什麼事情都沒有。下一秒小鬼迅速重生，但並非被砍成的兩半再次結合，而是分別長出新的另一半。一眨眼，兩個小鬼就站在李家瑞面前異口同聲地笑，笑出他一身雞皮疙瘩。

「叔叔是想玩殺人遊戲嗎？」

「那現在換我們來殺你囉？」

李家瑞想跑，腿卻軟得不聽使喚，想再次揮劍，卻發現手中的劍在不知不覺間已經腐蝕崩壞。他完全不知道自己面對的到底是怎樣的妖怪。

「果然如此，蠱驢，準備放火，那東西並非拳頭能夠應付之物！」

「可、可惡啊啊——！」李家瑞再次召喚出白劍揮下，小鬼卻出手一抹，瞬間白劍就發黑化成了灰。那抹黑氣還透過劍柄跑上李家瑞的手，變成中毒般的紫黑色，他驚恐地放聲尖叫。看這狀況，璃知道他若是不果斷切斷手一定會沒命。

「蠱驢，汝現在所見到的就是過去咱們所謂的『瘟疫』。除了汝等所說的病毒細菌外，有大概一半的瘟疫是這種妖怪造成的。這種妖怪沒有準確的名字，以前的臭道士們將其稱為『疫鬼』，唯一的對付方法就是火燒。若是碰到就會被感染瘟疫，就算汝的雙拳有火焰也不一定能倖免。」璃邊說邊指揮著狐火散開，瞬間下水道就被照得如同白晝：「還有，像這樣能透過物品感染人、而且還這麼嚴重的強大疫鬼，咱還是第一次見到。碰到一次肯定會死，小心了，蠢驢。」

李家瑞看著那片漆黑不斷向上吞噬他的小臂到大臂，完全不知該怎麼辦才好。他絕望後開始憎恨，若不是孔天強的那一拳，他就不會跪在這裡無法逃脫，更不會被眼前這莫名的妖異給纏上。

「叔叔，犯規是不行的喔？」

「要一人一次才公平。」

「所以我要上了喔！」

「我會確實地殺死你的。」

兩隻疫鬼一搭一唱地逼近，李家瑞尖叫起來，連滾帶爬地向後退，卻馬上就碰到了牆，只能眼睜睜看著疫鬼抱上自己——

「確實地殺死你囉，叔叔。」兩隻疫鬼在他耳邊異口同聲低語。

「救命！救命啊——」李家瑞試圖推開疫鬼，但一碰到他們，身體就漸漸發黑無力。慢慢地，他的聲音越來越小——

雖然是「敵人」，但對方終究是人類，孔天強想衝上去救人，卻立刻被璃拉住。

「汝沒必要上前受牽連，咱不想看見汝變那模樣。」

「見死不救？」他回頭看向璃，眼神跟語氣充滿責備。

「在他被纏上的時候就注定他的死亡了。而且說穿了這是自作自受，要救人要看情況，這並非見死不救，而是他註定僅有死路一條！」

璃眼神中的認真讓孔天強瞬間閉上嘴，他知道璃沒有錯，自己只是為了逃避「因為害李家瑞無法行動他才會被殺」的罪惡感才遷怒。

「汝沒有錯，汝是為了從那人渣手中保護咱，要錯也是咱的錯，因為咱長得太漂亮，才會讓雄性看到咱就瘋狂。」

補上的這一句讓孔天強想狠敲她的腦袋，但一看見狐狸精那抹淺笑，馬上意識到這是為了安慰他才說出來的話。

疫鬼離開李家瑞後，幾乎看不出他原本的樣子了。他全身漆黑地倒在地上，過沒多久，手腳開始抽動、晃著身體慢慢爬起來。雖然爬了起來，此刻他身上散發出的氣息卻已非人類。

「叔叔，我們來玩嘛！」李家瑞的口中吐出和疫鬼一樣的聲音，讓其他人的神經瞬間繃到最高點。他們看著李家瑞開始分裂，瞬間，兩隻疫鬼變成了四隻疫鬼，並且異口同聲地說：「來玩殺死對方的遊戲。」

「能和大蠢驢玩的，只有咱而已！」璃低吼著揮下小手：「汝等給咱滾遠一點！」

狐火如同子彈般射出，精準地貫穿四隻疫鬼。孔天強進入妖化外裝的狀態，扔出火紅色的符咒，形成火圈圍住疫鬼並向中心噴火。火焰很快散去，四隻疫鬼並沒有重生，被燒得連灰都不剩。隨著妖力的回歸，孔天強知道對方已經確實被殲滅。

不過在妖氣回歸的同時，他感覺到什麼東西在腹部躁動，還帶著一股不祥的氣息，熟悉得讓他的臉色變得難看。

麒麟。

身上突然冒出屬於麒麟的妖氣讓他感到不安，但很快地，那莫名的妖氣就停止躁動。

「蠢驢，別發呆，還沒結束！」

雖然眼前的疫鬼已被消滅，妖氣和瘴氣卻沒有散去。就在尋找敵人的同時，璃那野獸般的本能察覺了某些東西，立刻扯了孔天強一把。他正想看狐狸精到底在搞什麼，卻發現一隻疫鬼憑空出現在他原本站的位置，並衝著他們嘻嘻笑。

「殺死你喔？」稚嫩的聲音吐出可怕的話語，緊接著數十隻疫鬼從下水道牆上的裂縫鑽出，一眨眼就將孔天強等人包圍。另外兩個妖怪還來不及反應，就被疫鬼抱上大腿。

「救、救命啊——」兩個妖怪立刻發出淒厲的尖叫，雖然想甩開疫鬼們的糾纏，被抱住的雙腿卻瞬間發黑失去行動能力，他們就在尖叫聲及疫鬼的嘻笑聲中慢慢變成對方的同類。

「居然這麼多。」孔天強立刻掏出數張火符。

「最初那隻是為了讓咱們放鬆警戒的誘餌，現在汝現在看見的便是以前人們常說的大瘟疫。」璃召喚出更多狐火：「咱們現在能做的就是燒。」

在醫療不發達的時代，一隻疫鬼就能滅一村，十隻疫鬼就有機會滅半座城，更不用說在這裡吸收靈氣的強化版疫鬼，其威力已經很明顯，再加上周邊這個數量，這已經不是能用「大瘟疫」來形容的程度。

狐狸精完全不理解麒麟到底在盤算什麼，若是這個數量的強大疫鬼放出去，臺北市只需要幾晚就會變成死城。這已經不是單純妖怪和妖怪之間的戰爭了。

燒滅、冒出、燒滅、冒出、燒滅、冒出、燒滅，地下道的溫度迅速升高，舒適的晚秋氣溫瞬間成了烤箱。站在火焰中心的孔天強和璃汗流浹背，但是殺了三隻又有三隻冒出來，讓他們完全不敢休息。璃一邊燒一邊思考著疫鬼究竟是從何處冒出，最後僅得出一個最糟糕的結論——

其他地方有大量的犧牲者。

從冒出的疫鬼數量來看，起碼有四、五十人犧牲，已經是作戰總人數的三成。若是真的死傷慘重，那麼最後能夠在中心點會合的還會有多少？

若沒有璃，從沒見識過瘟疫的孔天強早就用拳頭肉搏並陣亡了。在醫療發達的現代，大部分的消毒手段以及藥物都對疫鬼有一定程度的傷害，加上妖怪會及機構暗中的努力，疫鬼已經數十年不見蹤跡，可以用「絕種」來形容。誰能想到麒麟居然在這裡培養疫鬼並打算加以利用，才會造成征途不到一半就死傷慘重。

戰鬥將近半小時，孔天強和璃燒了將近百隻的疫鬼。直到最後一隻燒滅，他們依然不敢鬆懈。雖然百毒不侵的璃不怕這種小妖怪，但孔天強在她眼中實在太脆弱，搞得她也繃緊神經。

璃很清楚，如果孔天強受到重傷或是戰死，她一定會嚐到前所未有的悲傷和憤怒，屆時她會做出什麼事情，連她自己都不清楚。

一意識到這一點，璃忍不住輕輕笑出聲，嘲笑自己的精神年齡在不知不覺間變得像十七、八歲的懷春少女。

「妳沒事？」剛結束戰鬥的孔天強呼吸紊亂，但璃突然這樣發笑，讓他神經兮兮地繞了她一圈，擔心她是不小心被疫鬼碰到而受了傷。

璃知道，他的憨直跟笨拙就是讓她的精神年齡變成十七、八歲的原因之一。

「咱似乎沒事。」

「似乎？」模稜兩可的答案讓孔天強皺起眉，又再次繞她走一圈確認。

「唔嗯……」璃雙手抱胸、裝模作樣地陷入沉思。

「有問題？」她的反應讓孔天強緊張起來。

「咱突然覺得好痛……」璃的語氣變得有氣無力。

不好的回憶瞬間浮現，孔天強的臉色更加嚴肅。「哪裡痛？」

「這裡、這裡……」璃的表情瞬間變得扭曲、摀住胸口：「好痛，真的好痛……」

「怎麼回事？」

「咱、咱也不知道……」

「撤退。」

「不行……」

「沒有不行。」

「咱現在、現在好難受！」

「該、該怎麼做？」他的語氣透漏明顯的緊張，聲音中有著藏不住的害怕。

「幫、幫咱揉揉……」璃似乎快喘不過氣了，伸出手緩緩說道：「幫咱揉咱痛的地方……」

「哪裡……」話還沒說完，兩隻大手就被璃拉走。嘴巴上雖然說她使不出力，但那一拉卻害孔天強差點往前倒，等意識到的時候，兩隻手已經被璃按在柔軟豐碩的果實之上。

孔天強的臉瞬間僵住，同時看見璃的竊笑。

「啊嗯、啊……溫柔一點……」璃一邊抓著他的手揉動胸部，一邊發出奇怪的嬌喘，然後用十足魅惑的勾人眼神看著他：「咱現在真是心煩意亂啊，這症狀的最好解藥就是和汝生一窩小狐狸……」

「妳……」孔天強的額頭浮出青筋，他立刻收回手，鐵拳敲向色狐狸的腦袋：「淫蕩狐狸精！」然後氣呼呼地轉身往下水道深處走去。

「誰叫咱是狐狸精嘛。」璃無辜地說道。

「我很認真！」

「咱也沒想到汝會這麼認真啊，所以是汝的問題……汝也等等咱啊！」璃立刻起身追了上去。

野獸的求偶方式有限，比人類單純許多，因此狐狸精才一直找不到要點。

不過，其實就算不這麼做，狐狸精也早已抓住妖怪獵人孤獨的心，只是雙方都沒有注意到而已。

FOX SPIRIT

>>> Chapter.9_ 有血緣的仇人們

十幾分鐘的路程中，孔天強和璃沒有再碰上任何敵人，這也讓他們產生疑惑——能夠到達終點的小隊究竟有多少？這次的掃蕩戰到底死了多少人？

不過所幸身邊有狐狸精的存在，孔天強才不會一直把焦點放在這個問題上、戰戰兢兢地前進。

「汝啊，這麼冷感該不會是屬於被動型的人吧？若不是咱已經親眼確認過，咱還真以為汝是無能之人。」

「親眼確認？」他立刻投以冷眼。

「汝、汝別管這麼多！」發現自己不小心說溜嘴的狐狸精立刻轉移話題：「汝該不會是那種希望咱推倒汝、脫了汝的褲子，要咱霸王硬上弓，如同那被虐狂吸血鬼一樣的被虐狂吧？」

「滾！」他一開始還十分納悶璃這些莫名其妙的知識究竟從何而來，直到發現孔天妙偷偷摸摸拿一些奇怪的東西給狐狸精看，他才理解原因。雖然不知道孔天妙為何要灌輸璃那些奇怪的知識，但他決定要好好跟姐姐談談。

在那之前，他必須先救回孔天妙。

「還是喜歡姐姐類型的……對了，咱看汝根本就有戀姐情節，所以才會黏妙妙黏這麼緊，底迪——」璃嬌嗔著抱住他的手，還刻意用胸部大力擠壓，接著在他耳邊吐氣般地低語：「讓姐姐來教汝大・人・的・事・情！」

「滾！」

「汝……停下！」逗弄到一半，璃突然低吼，同時把他推回牆邊。

原本以為她又在趁機吃豆腐，正要出手揍人，孔天強才發現原因。

喀達喀達的皮鞋聲在下水道半圓柱狀的空間中迴盪，越來越近也越來越多，讓人搞不清楚到底有多少雙腳在行走。

「離我遠一點。」孔天強一把推開趁亂在他身上亂捏的狐狸精，關掉手電筒備戰。

是敵人還是友軍？

過沒多久，他們見到燈光。對方似乎沒有發現兩人的存在，孔天強掏出符咒、璃召喚出狐火，等著燈光的主人到來——

孔天龍沉著臉從黑暗中出現，那張冰冷的臉蛋在燈光的陰影下多了幾分陰沉。

「嘖。」一見到彼此，兩人不約而同地咋舌。

璃忍不住笑出聲，她沒想到這對堂兄弟會如此有趣，而且其實只要仔細觀察，就能發現兩人有許多地方十分相似，簡直就像親生兄弟。

璃不知道，在「第一次麒麟討伐戰」時，孔天強和孔天妙的父母不幸陣亡，所以由本家撫養長大，監護人則是本家的掌門、孔天龍兄弟的父親。到孔天強被逐出家門前，姐弟倆就是和孔天龍兩兄弟生活在一起。

自幼就一同生活、一同修行、一同玩耍，當年孔天強和孔天龍的感情好得像親兄弟。

在被逐出家門前，仇視孔天強的就只有從小性格就有點扭曲的孔天虎而已。

生活在一起久了，堂兄弟兩人多少會彼此影響，因此孔天強和孔天龍才會有許多相似的習慣與行為。

所謂的「兄弟情誼」在孔天強被逐出家門後變質，身為長子、身為下一任掌門，孔天龍沒有選擇，只能服從長老的決定，將孔天強當成敵人、當成外人。孔天強也因為孔天龍兄弟的態度以及後來他們將孔天妙當成道具的緣故，也對本家產生了恨意。

在互瞪一眼後，兩人就像沒看見彼此一樣擦身而過，孔天龍繼續往孔天強他們來的方向走去。

「汝。」一見到孔天龍行進的方向，璃立刻出聲。

孔天龍不知道璃叫的是他所以繼續往前走，孔天強則是對她投以困惑的眼神。

「咱叫的是孔天龍，不是汝，大蠢驢！」

「嘖。」孔天強咋舌，繼續往前走，但是才跨出半步，衣服就立刻被璃揪住。他知道璃的意思，但並不怎麼想理會，沒好氣地說道：「別浪費時間。」

孔天龍停下步伐，猶豫幾秒後回頭看狐狸精，但眼神極度不友善——就像孔天強初次看見璃那時一樣。

「汝現在就要往外走？」

「不關你們的事。」孔天龍冷冷說道。

「沒想到機構的人不是作亂就是逃跑，汝居然還有臉嘲笑咱的大蠢驢？」璃的臉上出現一抹壞笑：「咱覺得汝該跟孔天強道歉。」

這次喚孔天龍咋舌，而且額頭上還浮出青筋。

「別理他。」瞪著孔天龍，孔天強說道：「滾越遠越好。」

「咱只是在替汝討公道，咱也覺得必須為汝討公道。」璃的表情雖然十分認真，那條不安分的尾巴卻出賣了她。孔天強馬上知道璃在計畫什麼，臉上出現困惑。

「我說的是事實，我不會道歉，你們也沒資格叫我道歉。」沒見過璃幾次、對眼前的狐狸精一點都不了解的孔天龍完全沒注意到這樣的小細節。「被趕出孔家、來自分家的劣種，本來就不該出現在這裡。」

「姐姐不是劣種。」孔天強立刻回擊：「本家也沒多高尚，才會養出孔天虎這種人渣！」

璃的臉皮忍不住抽了抽。孔天龍罵的雖然是孔天強，但這個姐控卻沒有替自己反駁、只替孔天妙說話，反而像間接承認了自己是劣種。

「本家的事輪不到一個外人來說話！」雖然孔天虎的行為讓他很頭痛，但再怎樣差勁也是親弟弟，即使有所愧疚但也不能示弱。孔天龍知道自己必須回擊、不能承認錯誤，這是他身為「長子」的「責任」。

「汝等都閉嘴！吵吵鬧鬧的，汝等是要昭告天下咱們在此處嗎？」璃的話十分有效，兩人立刻閉上嘴，回到一分鐘前用眼神互相攻擊的模式。

站在兩人中間的璃感覺到十分沉重的壓力，忍不住向後退一步遠離火網，才不會被兩個傻蛋搞到神經衰弱。

「孔天龍，汝到底要去哪？」為了避免戰火再次爆發，璃這次開門見山地說：「再往前走，除了出口就沒有其他東西了。」

「我的人在哪裡？」孔天龍沒有回應，反而丟出問題：「十幾分鐘前就沒有聯絡，也沒有跟你們一起行動，怎麼回事？」

「原來汝是去找那人渣的。他早死了，連屍體都沒有剩下。」璃開始策畫下一步，用刻薄的語氣回答：「汝那名為機構的組織是否沒有任何品格正常之人？不是綁架犯就是性變態，汝的機構可還真亂啊……」

「垃圾上司就有垃圾部下。」一旁的孔天強補了一槍。

「上樑不正下樑歪啊，可見……」璃冷笑幾聲。

這一搭一唱的諷刺讓孔天龍的臉色更加難看，但是他很清楚自己的手下到底是什麼個性，所以完全無法反駁，大致上的經過即使兩人不講他也想像得到。

這次機構決定的參與名單加上他共有二十七位，其中過半都是品格有問題的傢伙，雖然有一定的實力卻非頂尖。也因為這樣的決定，這二十七位成員至今只剩孔天龍一人，其餘全部失聯，他才會來找最後失去聯絡的李家瑞。

不過他不明白，為何李家瑞那樣的高手死了，孔天強和眼前的狐狸精卻能活下來？他開始對孔天強現在的實力感到好奇。

「你們殺了他？」這是當下最有可能的答案。如果是連李家瑞都應付不了的妖怪，那眼前的兩人不太可能毫髮無傷。

「差不多能這麼說吧？」璃聳聳肩，用漫不經心的語氣和燦爛的笑容說道：「畢竟那敗類企圖殺了咱的男人然後侵犯咱，所以咱的男人就一拳把他打趴在地上，結果在他半殘的時候敵人就出現把他殺了。要是汝說咱們殺了他，雖然就因果論來說他算自殺，但咱認為也可以算是咱們殺了他。」

璃的語氣和表情讓孔天龍的臉更加扭曲。這段話十足諷刺，但又是不容反駁的事實，沒有什麼比被諷刺後卻無話可說更生氣的事了。

「他不代表機構全體。」最後，孔天龍只能這樣反駁道。

「卻代表了機構的腐敗。用人不慎且不懂得擇優汰劣，也代表了上司的無能，是否？」

璃那對映著燈光的火紅色雙瞳盯著孔天龍，眼神彷彿洞悉一切，徹底看透了機構內長年的問題。孔天龍產生明顯的動搖，明顯得連孔天強都看出來了。

「所以在討論下一步前，咱認為必須先知道，身為機構的重要高層，汝想怎麼做？逮捕咱們？向我們道歉？」

「沒有什麼好選擇的，我也不會為這件事情道歉。」孔天龍在思考後這樣回應，他直覺地認為事情並不是「做出選擇」那麼簡單。

雖然很清楚至今自己、孔家以及機構做了很多「不正確」、「不道德」的事，但他深信這全是為了讓自己所處的社會、所在的世界變得更好。他背負著這份重責大任，所以不能輕易道歉，這會讓他做的一切變得廉價。

孔天龍其實很痛苦，這些年來肩負著這樣的「責任」，讓他被壓迫得喘不過氣。但他一直刻意忽略這份痛苦，他認為這就是他的宿命。

然而，這也製造了更多錯誤。

當年他還沒有正式接手機構時，其實認為不該把孔天強逐出孔家。那時孔天強的爆走全是為了救在場其他的機構成員，如果沒有他，剩下的人很可能都會死。

一切的失控就是從此開始，孔天強徹底化身黑色火焰的影魅、孔天妙離家出走，甚至到孔天虎綁架孔天妙、他們最終來到此處，他知道這一切全和當年的決定脫不了關係。

事情已經演變至此，雖然有很多後悔，但是他不能回頭更不能道歉，否則就是在否定過去的所有決定。

「說實話，咱其實也不希罕汝的道歉，咱只是想知道汝到底在盤算什麼。咱已經告知汝那敗類已經死了，汝下一步要怎麼做？」

「妳到底想要知道什麼？還有，如果想知道『機構』的決定，我現在就能告訴你們，我們會找你們兩個算帳。」

「喔？這就有趣了，汝想找咱們算什麼帳？」

「剛剛你們也承認了，你們殺害了我的手下。」

「但是咱也說得很清楚了，他也能算是自殺。又或者能夠照汝那手下的說詞，算是『意外』戰死？畢竟他方才企圖讓咱們都發生『意外』呢。」

「如果是那樣，我也有必要進行調查。」

「汝這是企圖浪費咱們的時間？又或是汝也想要『意外』戰死呢？畢竟汝手下說過，戰場上隨時可能發生『意外』。」璃大力地甩了甩尾巴，這樣的詭辯正是她擅長的領域，而眼前這不知好歹的小鬼正打算在這裡挑戰她。「咱的男人一拳就能讓李家瑞跪在地上，汝是否也想嘗嘗那拳頭的滋味？」

「一拳？」

「咱沒吹牛，汝也別懷疑汝的耳朵，就是一拳。」璃看著孔天龍的表情然後咧開了嘴，在燈光的襯托下，此刻狐狸精看起來十足邪氣。「汝若是想試看看，咱不會阻止汝。」

「居然為了妖怪傷害人類。不只能夠使用妖力，你連心也變成妖怪了，孔天強。」

「和麒麟有勾結的人沒資格說話。」

「那是孔天虎，我至始至終都是妖怪獵人，沒有做過任何背叛人類的事，和你不一樣。」

「本家包庇孔天虎，你也一樣，同罪。」

「這種話輪不到和妖怪同居的人來說，也輪不到被逐出家門的外人來批評！」孔天強的話明顯戳到痛處，孔天龍激動地說：「還有，本家的名譽不容你這骯髒的傢伙汙辱！」

「汝想討伐咱的男人？汝別說笑了。」璃從孔天強身後探出腦袋，臉上帶著十足挑釁的笑容：「咱敢賭一百盒甜甜圈，孔天強認真起來的話，你們整個機構或孔家都不會是對手。」

璃所說的話其實有一定的依據，從剛剛的情況來看，孔天龍也肯定輸「現在」的孔天強一大節。再加上之前累積的戰鬥經驗，她知道現在一對多對孔天強來說也不會是太大的問題，只要對方「堂堂正正」地對決，這個結論絕對正確。

狐狸精的話讓孔天龍愣了一下，就連當事人孔天強也感到困惑。也因為兩人這反應，讓劍拔弩張的氣氛消散了不少。

「怎了，汝等現在又不打算吵架了嗎？」璃雙手抱胸、從孔天強身後走出來看著孔天龍。那對火紅的眸子看得他十分不自在，立刻別開視線。

他不知道為什麼從一開始時狐狸精就這樣一直觀察他，就連剛剛的挑釁也是，像是想從他身上找到些什麼東西，像是自己的全部都要被看穿一樣。

而狐狸精的目的已經達成了，她的臉上掛起微笑。雖然孔天龍的戒心很高，但璃還是從他的表情和剛剛的對話中抓到一些線索，不過因為孔天龍的態度，所以璃還不敢下結論——那就是需要再試探。

「汝既然也沒了組員，那要不要和咱們一起前進？」

「拒絕。」

孔天強和孔天龍異口同聲地說，在發現對方和自己完全同步後，立刻互瞪一眼，再像吵架的孩子般撇開臉。

「汝之所以拒絕，原因大概和咱家大蠢驢不同吧？大蠢驢是因為打從心底厭惡汝，而汝……是因為害怕所以想趁機逃走，是否？」

「害怕？逃走？怕什麼？別把我跟分家的劣種混為一談！」

「是否劣種，光是從有沒有勇氣繼續往前就知道了。孔天強仍然繼續往前，汝卻企圖回頭，誰是劣種豈不一目了然？」璃順著他的話說下去，臉上掛起嘲諷意味十足的笑容：「又或是，汝害怕孔天強，所以才不敢一起同行？」

「我不會害怕他！」

「害怕他比汝更加強大。否則，汝在逃避什麼？」

「嘖！」孔天龍忍不住咋舌，他知道眼前的狐狸精不打算給他臺階下，雖然不想順著她的意行動，但現在看起來別無選擇了。

「或是，汝打算放棄汝一開始的目的？」

「我不知道妳在說什麼。」孔天龍緩聲說道，想藉此掩飾心中些微的動搖：「我沒有什麼目的，不過我也沒必要被人說成是逃跑。我會走到最後，但這不代表和你們聯手，只是剛好同路而已。」他說著，開始往下水道深處的方向走。

「妳看穿什麼？他有什麼目的？」在孔天龍離兩人一段距離後，孔天強才開口問：「為什麼要逼他跟我們一起？」

璃沒有回答，只是看著孔天強賊兮兮地笑了笑，接著拉起他的手繼續前進。

剛剛孔天龍的回答就是璃想要的回應，只有這樣才能夠讓對方自露馬腳。同時她也確信孔天龍雖然仇視孔天強，卻不像孔天虎那樣對他們「有害」。他雖然說著充滿諷刺的話，卻感覺不到任何一點「真心」，比較像是在欺騙自己的「謊言」。

如果一切都是謊言，那就代表孔天龍不希望孔天強參加本次的作戰，才會企圖用言語和權力逼走他。目的為何到現在璃依然不清楚，但相信等到關鍵的時候，一切就會水落石出。她期待到時候的答案可以帶給孔天強一點啟發，讓他的恨少一點、讓他放下那不必要的東西。

因為這兩個目的，璃才會這樣要挾著孔天龍和他們一起行動。只是這些還不能告訴孔天強，否則就沒有任何意義了。

璃相信，孔天強和孔天龍現在需要的是一個舞臺。

「孔家流・虎鳳雙鬥。」孔天龍低吼著，一手白色火焰成虎拳、一手紅色火焰成鳳爪向前衝出，火與金雙色的方術陣在名為鶯歌的巨鳥妖怪腳下出現，強勁的拳風與破壞力在對方身上打出血坑並颳起旋風。

同時使用兩種屬性的方術陣是高端技巧，就連孔天強至今也還沒掌握，但是他不甘示弱——

「孔家流．離卦六十四拳。」他扔出火符、雙手燃著黑色火焰往鶯歌撲去。雖然沒用妖化外裝，但速度略贏孔天龍。用的招式也十分樸素且基礎，但這扎實的六十四拳，威力卻一點都不輸對方。

「軋啊——」猛烈的傷害讓鶯歌尖叫，在下水道內形成恐怖的回音，瞬間逼退孔天龍和孔天強，兩人狼狽地疊在一起、滾了幾圈。

「別妨礙我！」孔天龍立刻推開孔天強。

「滾！」孔天強也趁亂踹了孔天龍一腳。

兩人一邊妨礙彼此一邊繼續朝鶯歌發動攻勢，還不忘偷揍對方。鶯歌就這樣被夾在兩人中間，翅膀折了、鳥嘴斷了，身上坑坑洞洞，還被扯了羽毛，什麼戲份都沒有就被滅了。

在一旁看戲的狐狸精忍不住搖頭嘆氣，這樣強大的古老妖怪卻因為兩兄弟吵架而淪為沙包，她都有點同情這些妖怪了。

會用「這些」來稱呼，是因為兩兄弟已經這樣鬥了整路，只要一碰到妖怪就會像這樣趁機互毆。這種打法還一連打倒了四隻妖怪，搞到現在雖然兩人全身是傷，但是妖怪弄出來的卻沒有多少，幾乎都是互毆搞的。

雖然孔天龍能用的招式更強、更華麗，一路上卻沒有占任何便宜，反而是孔天強大贏，紮實的每一招每一拳都證明了這幾年來的每一場經歷，讓幾乎都坐在辦公室的孔天龍像是被打假的——而且，孔天強都還沒有用上妖化外裝。

不過實力的差距讓人看起來就像是倚強欺弱，不僅如此，所有找碴都是孔天強起頭，這讓他看起來更加幼稚。

在鶯歌被燒淨的瞬間，孔天強抓準時機衝到孔天龍身邊，狠狠一記直拳就往他臉上揍，在擊殺鶯歌的同時也擊倒了看不順眼的對象。

「礙事。」

「如果真的想打，我可以奉陪！」孔天龍抹了下臉、看了眼手背上的鼻血，然後冷笑幾聲：「不過現在看起來我不認為你可以繼續作戰，你的行為只會擾亂計畫……只會妨礙我們！」

「廢話。」

「你現在要自己出去還是等我找人把你拖出去？」

「如果你做得到的話。」面對孔天龍的威脅，孔天強一點都不畏懼，銳利的眼神透露出強烈的殺氣。

孔天龍看起來雖然鎮定，但那凶惡的視線卻讓他的背脊布滿冷汗。

璃知道再放著不管，這兩人一定會在這裡互毆到分出勝負，而且孔天強一定會是贏的那一方。她衝上前拉住孔天強，避免進一步的衝突真的發生。

「滾，放手。」

「汝冷靜點。」璃盯著那對可怕的眼睛，眼神中沒有任何畏懼：「汝再鬧下去，事情就會如他預期地發展！」

「我很冷靜。」

「咱完全看不出來！」璃立刻吐槽，還順手揍了他的肚子一拳。孔天強的臉色看起來更加凶惡，但璃依然繼續說：「汝現在的行為就像是個小鬼，一點都不成熟，汝說汝現在很冷靜？小鬼的冷靜咱不懂。」

孔天強瞪著她，很明顯狐狸精正拐彎抹角地說他幼稚。不過也因為這番不留面子的斥責，他冷靜了許多並向後退了一步，璃也趁機擋到他面前看向孔天龍。

她突然覺得自己像在玩電玩，過了一關還有一關，應付完一個幼稚鬼又要挑戰另一個小屁孩。

「妳現在想做什麼，骯髒的狐狸精？」孔天龍冷著臉，十分刻意地出言諷刺，明顯就是在挑釁孔天強：「妳想要替那個沒用的傢伙辯護？講再多都不會改變他是劣種的事實。」

「咱不知道咱骯不骯髒。」璃沒有被激怒，還向後伸手揪住孔天強的褲子，對孔天龍一笑：「但是咱很清楚，若是咱髒的話，咱的男人會用心將咱身上的每一吋肌膚洗乾淨，這也是咱倆培養感情的方法，是吧，孔天強？」

「閉嘴。」雖然知道對方是刻意帶歪話題，但這種反擊方式讓孔天強的臉色變得鐵青，立刻出手敲亂講話的狐狸精的小腦袋，卻被璃巧妙地躲開。

面對這勁爆的發言，孔天龍瞬間啞口無言。現在不管接著說什麼都會顯得格格不入，就算真的要硬接，一時間他也想不到什麼話。

「總之呢，咱不知道汝要將孔天強送走有什麼目的，但是在咱的眼前都是兒戲。想和咱耍計謀，汝還早了幾百年。」

「他揍了我一拳，反而是我有陰謀？」

「這沒辦法，誰叫汝長著一張欠揍的臉。」璃扁嘴聳肩：「臉上就寫著『揍我』的傢伙，咱見了也會想要揍個幾下。」

「這是什麼歪理，別把妨礙任務進行講得這麼理所當然，我有權利把你們趕走！」孔天龍的額頭浮出青筋，看見狐狸精一副游刃有餘的模樣，讓他更加氣憤。

「喔？用什麼理由？」

「襲擊上級！不聽指揮！」

「照汝那部下說的，任務過程中難免會有意外，這豈不是意外嗎？在這昏暗的地方戰鬥，加上空間又這麼狹隘，不小心將友方當作敵人誤傷合情合理啊！而且汝的表清扭曲得和那些醜陋的妖怪沒有太多的區別，一定是因為這樣，孔天強才會不小心將汝當成妖怪、揍了汝幾下。」璃搖著尾巴猙獰地笑著：「既然如此就不能夠怪咱們吧？不管是誰總是會有不小心的時候，咱也知道長得醜不是汝的錯，但汝也該了解這只是汝等宣稱的『意外』。」

「那種發言我沒有說過！」

「是汝的部下說的。」

「那就是部下的個人行為，與我無關！」

「汝身為上司，未善盡管教之則豈不是汝的缺失？因為汝疏於指導才會讓他有這樣的言論，汝不是應該勇於承擔錯誤嗎？既然如此就不會與汝無關吧？又或者汝現在是想拋下汝應負的責任？既然如此那汝也不能夠算是『上級』了，對吧？」

死棋。孔天龍立刻意識到這一點，眼前的狐狸精刻意將話題帶到這裡，現在他不管承不承認都會陷入不利的境地。若是承認，那就必須接受前面的「意外論」而不得追究，若是否認就等同承認自己拋棄上級的職責，進一步被當成是「不合格的上級」，那他的權力就不會再被承認，一樣不得將他們趕走。

現在說的每一句話都要小心，孔天龍盯著璃，她說不定偷偷準備了錄音設備，所以不說話才是最好的選擇。最後他一語不發，轉身走人。

「還真是有些無聊了呢，咱還以為他可以娛樂咱，沒想到僅有這種程度。」璃刻意用孔天龍聽得見的音量「自言自語」：「沒想到不僅武藝、外貌和品行不如咱的男人，就連這一點也不如他。真是劣種啊，這樣的人活在這世上有啥意義呢？」

面對如此露骨的挑釁，就算有莫大的火氣孔天龍也只能壓下，因為他只要停下腳步回頭，就算沒開口也一定會被狐狸精嘴到臉歪掉。不僅如此，他也不能動手把他們打趴。先不論狐狸精，孔天龍很清楚自己已經不是孔天強的對手了。

剛剛被揍的一拳就決定了勝負，孔天龍完全跟不上那一擊的速度，更別說方才孔天強還沒有用上傳聞中的妖化外裝。如果真的讓孔天強拿出所有實力，他一定會被打倒。

然而，雖然臭著臉，此刻的他卻沒有任何嫉妒。沒想到這五年來，那個流鼻涕的跟屁蟲已經變得比自己還要強大了，身為「哥哥」的他真心地替他開心。

但是他不能說出口、不能表現出來，他是本家的長子、下一任的掌門，不能違背長老的決定、不能為家族的恥辱感到驕傲。如果違背長老的決定，他就會變成整個家族的恥辱，就和孔天強一樣。

每個人的心裡都有一座權衡取捨的天平，與家族的重量相比，孔天強根本微不足道，所以他只能繼續恨孔天強。

「我不是妳的男人。」在孔天龍走遠後，孔天強再次強調。

「喔？汝不是咱的男人？這話說得真有趣。」他的話換來璃的狡猾笑容：「那理由說來聽聽？」

一見到那個笑容，他就知道情況不妙，雖然想立刻逃走，卻發現自己必須回答，不然一定會被當成默認。

「沒有理由。」想了一下但想不到理由的孔天強只能說：「我不是妳的。」

「沒有理由汝不是咱的？」

「不是。」孔天強知道自己有好好地斷句，狐狸精卻跟他玩起文字遊戲。

「汝到底在說啥，咱完全聽不懂呢。汝要是沒辦法好好反駁的話，不就代表咱說得沒錯嗎？」

「滾！」

「對了，汝知道狐狸會在喜歡的東西上留下氣味嗎？妙妙說這是因為咱們狐狸和狗是近親的緣故。」

「所以？」孔天強突然有種不祥的預感。

「汝身上全是咱的味道，不管是哪隻路邊的野狗或野狐狸來聞，肯定都會知道汝是咱的男人。」

孔天強立刻露出嫌惡的眼神，下定決心回去之後要好好大掃除，還要把所有能洗的東西全部拿去洗一遍。

「若是汝以為靠大掃除跟把東西全洗一輪就能弄掉咱的味道的話，咱真要嘲笑汝的天真和單純。」狐狸精一眼看穿他那一點心思，露出得意的笑容：「咱可是花了不少心思在汝的棉被、床墊、沙發……汝房間的每一個角落都留下了咱深刻的氣味。汝除非把房子拆了，否則根本消除不掉。」

聽到這近乎變態痴女的發言，他立刻投以懷疑的眼神。原本以為璃就只是到處亂滾而已，但如果要做到這種程度，孔天強只知道一種方法——

「汝這是什麼眼神？」

「妳四處亂尿尿？」說到能四處留氣味的方法，加上她又提到自己是狗的近親，孔天強只知道這種方法。

「沒有！」璃的臉色瞬間慘白，立刻大叫：「汝將咱當啥了！」

「狗的近親。」他用冰冷的眼神看著一臉驚慌失措的狐狸精，一邊認真地回想自己的東西上頭是不是真的有尿騷味。

「咱才沒有四處撒尿！」慘白著臉的狐狸精瞬間脹紅了臉，尾巴更因為緊張與憤怒交雜的情緒而豎直炸毛。她完全沒有想到，自己惡作劇的說法居然讓眼前這腦子只有一條線、缺乏想像力的蠢蛋產生了天大的誤會。但在這樣的氣憤中又有點心虛，因為她之前真的企圖這樣做。

「唔！」

「妳說過妳是野獸。」

因為是野獸，所以亂撒尿是正常的。璃瞬間能懂剛剛無話可說的孔天龍是怎樣的心情，之前的野獸主張居然在這裡被重新提出，讓她一時間腦袋一片空白。

「所以妳到底有沒有亂尿尿？」璃的表情和反應加深了他的懷疑：「真噁心……」

「咱咱咱真的沒有那麼做！汝別亂想！」璃遭受了沉痛的一擊，用著一副快死的表情和尖叫來替自己解釋：「所以汝的意思是咱也在汝的身上尿尿過嗎？咱才沒有！咱都有好好去廁所！咱才沒有亂尿尿！」

「我回去會洗被單和床單，也會考慮換床墊跟棉被。」看璃這樣打死不承認，他知道再追問下去也沒意義，所以宣告完之後便轉身繼續往前走。

「喂，汝這是什麼意思？咱就說咱沒有那樣做，為何還要清洗所有東西和換新的床墊與棉被？」璃叫嚷著黏在孔天強的手臂上，一邊用尾巴甩著他一邊尖叫：「不准洗也不准換，咱沒那麼做！」

「我不想要自己的東西全部都是狐狸味。」

「咱沒尿床！」

「大概。」

「可惡，汝這蠢驢居然不相信咱！咱說沒有就沒有！還有就算汝把東西洗乾淨也沒用，咱一樣會想辦法讓東西上頭全是咱的味道！」

「不准進我房間。」

「咱的房門……」這一線轉機讓璃露出狡猾的笑容。

「嘖！」孔天強開始後悔拆了她的房間門，沒想過這居然會成為把柄，導致自己的私人空間被徹底侵犯。

「在這種事情上繼續吵也沒意義，所以回歸原點！」趁著這個機會，璃把話題扯回來：「汝依然無法否認汝是咱的男人的事情，全身都是咱的氣味，想賴也賴不掉，說實話現在就只差一窩小狐狸就完美了。」

「閉嘴！」

「咱只是在描繪咱所想像的美好未來，相信妙妙一定也想當姑姑、抱抱小姪子，汝……」

「閉嘴。」孔天強冷著臉低聲打斷她的話。璃原本還想抗議，但隨即明白原因，陷入妄想的她完全疏忽了周圍的變化——地面正微微震動。

前方的孔天龍也察覺到異狀，立刻回頭，「某個東西」正從「某個方向」往他們衝來。

「嗯？」璃突然抽了幾下鼻子，沉下臉色。

「發現什麼？」孔天強立刻注意到那細微的表情變化。

璃陷入思考，猶豫要不要把事情說出來。「沒事。」在權衡過後，璃決定不說——空氣中有孔天妙的氣味，雖然很淡，但逃不過璃靈巧的鼻子，同時她也嗅到了陰謀的味道。

「轟！」就在狐狸精還在推測之際，前方左邊的牆面突然炸開。塵土飛揚、瓦礫如雨下，一道巨大的身影從中出現。這也解釋了為何璃到剛剛都嗅不到妖怪的氣味，原來對方是這樣破牆穿梭下水道。

撼動地面的腳步聲噴開地上的塵土，來者的身影越來越清楚，一個棕黑色皮膚、身高約兩米半的大傢伙，全身充滿疙瘩、長相異常醜陋，那對一片黑的眼神看起來十足的邪氣，泛黃且不整齊的牙齒彷彿能聞到臭味。那是孔天強和璃從來沒看過的妖怪。

「吼——」那妖怪馬上注意到他們並發出野性的嘶吼，大量黏稠的口水和口臭就這樣毫不保留地往兩人身上噴，雖然黏膩的液體沒噴到他們，噁心的氣味還是讓璃吐出了晚餐。

「巨魔……！」看著眼前的大傢伙，孔天龍忍不住喊出怪物的正確名稱。

「吼！吼！吼！吼！吼！」巨魔一見到獵物立刻鼓譟地叫起來，接著從牆面破口中拉出一隻和孔天強差不多高且充滿鏽痕的鐵棒。他重擊地面敲出大坑洞，然後仰頭咆哮，明顯是在炫耀自己的力量。

「噁心！噁心死了！」吐完的璃抹去嘴角的口水，但一想到那噁心的臭味，又忍不住乾嘔幾聲。

孔天強瞥了眼身旁的璃，然後站到璃的前頭，進入妖化外裝的狀態。

「吼——」一察覺到那異常的妖氣，巨魔立刻揮下的鐵棒。孔天強雙手交叉往上擋，巨魔可怕的力量颳起一道旋風，吹起四周的小碎石、噴了璃滿臉。

雖然擋下這一擊，他卻覺得被妖力保護的雙手像是要斷了，五臟六腑也因為衝擊的後勁發痛。如果沒有妖力的保護，現在的他一定已是一灘肉醬。

「蠢驢！」看見孔天強吐出鮮血，璃的怒意立刻到達最高點，火紅色的瞳孔一縮、大量的狐火球從身邊冒出，沒有任何延遲地射向巨魔——

狐火球一擊中醜陋的肌膚便立刻消失，完全沒有任何作用。

「妳快後退！」

「哈、哈、哈、哈、哈！」難聽的笑聲從巨魔口中發出，嘲笑著眼前什麼都不懂的狐狸精。

「這到底是什麼？孔天龍！」璃的吼聲明顯就是遷怒，彷彿這一切都是他的錯。

「巨魔不怕妖術和方術。」孔天龍淡淡地回應狐狸精的咆哮，同時雙拳燃起淡青色的火焰。他看著眼前厚實巨大、宛如高牆的背影，思考著要怎樣打倒巨魔。

他並非第一次和巨魔作戰，因此更清楚對方麻煩的程度。光是討伐一隻巨魔就要六人以上且具有完整編組的小隊，但眼下不僅沒有人力更沒有對應的裝備，勝算低到只能相信奇蹟出現——

孔天強不懂孔天龍的擔憂，他只知道必須排除眼前的敵人才能前進。

「蠢驢，退後，咱直接變回咱原本的樣子一口吞了他！」聽見孔天龍的話後璃立刻喊道，並且開始脫衣服：「這種肌肉棒子，咱吞了他比較快！」

「會吃壞肚子。」孔天強冷冷說著，四兩撥千金地推開巨魔的鐵棒，重新調整姿勢：「退後。」

璃皺起眉頭，但還是迅速往後退，因為她相信孔天強。

巨魔再次舉起鐵棒對準孔天強的腦門，用比第一次更快的速度揮棒。因為璃已經退開，孔天強這次不需要硬接，輕鬆地閃過。鐵棒就這樣撞擊他原本站的位置、將地面砸出一個大洞，大量的碎石飛出，如同散彈槍的子彈射向四面八方。如果不是妖化外裝，孔天強肯定會被打成蜂窩。然而他輕巧地踩上鐵棒並壓低身體，雙拳的火焰也燃燒得更加旺盛——

「分筋錯骨。」方術陣出現在孔天強腳下，雖然方術對巨魔無效，但不代表鐵棒也有同樣的抗性，俐落地切、扭、轉，加上妖化的助力，實心的大鐵棒瞬間斷成三截。因為太過突然，巨魔來不及放開鐵棒，強勁的扭轉力道順著鐵棒一路衝上樹幹粗的手臂。巨魔的手被扭了兩圈，大量鮮血噴濺、骨頭刺出皮膚，發出淒厲的哀號。

事情發生得太過突然，孔天龍看得目瞪口呆。沒想到要有一定人數並擁有妥善裝備才能討伐的巨魔，此刻就像路邊微不足道的小妖怪，被都市傳說中的「黑色火焰的影魅」輕鬆屠殺。

他看見了希望，同時也看見了諷刺。原本不被期待、被逐出家門的「劣種」，現在居然是本家「優良血統」的繼承人的唯一希望。孔天龍忍不住苦笑，同時蹦出一個念頭——

所謂的「家族」到底是為了什麼而存在？那些食古不化的家族長老所做的每一項決定，都真的正確嗎？因為妖化就必須被逐出家門的孔天強，以及就算投靠妖怪也只被要求回家的孔天虎，這樣的差距全是因為本家跟分家。但說到底，他們不是都來自「孔家」嗎？

「吼——」看著自己的手被扭斷、唯一的武器成為廢鐵，巨魔一聲爆吼，殘存的手揮拳打向孔天強，但破綻過大的動作根本無法構成威脅，孔天強輕巧一閃、站上巨魔的手臂，在巨魔反應過來前便衝上其寬厚的肩膀。

不管是怎樣的生物，頭部一定是最脆弱的地方。他眼露凶光，一拳揍向巨魔腦側，強勁的力道在另一邊的太陽穴形成衝擊波衝出、打在牆上發出悶響。

腦袋被這樣重擊，巨魔的身體一顫，醜陋的嘴巴吐出鮮血，眼睛微微爆凸。孔天強再出一拳擊中太陽穴，巨魔的頭骨成受不了這樣的衝擊，這次孔天強打出一個明顯的凹洞，巨魔就像沒電的機器人般停下動作，七孔流出鮮血。

「啊……啊……」巨魔的口中發出沙啞的哀號，就像求饒一樣。

但是，黑色火焰的影魅不會放過任何一隻邪妖。孔天強再次揮拳，巨魔的腦袋這次就像爆開的西瓜，瞬間鮮血四濺、腦漿四溢，龐大的身軀向後倒下。被噴得一身血紅的孔天強輕巧一躍，重新站回地面，然後走回璃面前。

「哇啊……汝這模樣還真噁心。」璃立刻露出嫌惡的眼神，向後退了幾步：「離咱遠一點，汝現在讓咱很不舒服！」

看著眼前血腥的背影，孔天龍知道那是孔天強、他口中的「劣種」，但他還是本能地向後退了幾步。同時，他還看見了難以追上的差距。

同樣的五年，孔天強的能力已經遠遠超過他的想像。雖然知道他比自己強大，但是沒想到會強得這麼誇張。

「汝在把自己弄乾淨前別靠近咱，真是髒死了！」

孔天強思考幾秒後，用淨妖之炎燒掉身上那些血腥。雖然他覺得不會再被狐狸精亂貼上來也不錯，但他一點也不想聽她一路碎碎念，自己一定會發瘋。

「這能力也太方便，是怎麼回事？把身體弄乾淨的方術？」看著瞬間變乾淨的孔天強，璃的雙眼閃出光芒。

「妖氣。」孔天強解開戰鬥模式：「把含有妖氣的東西燒掉就好了。」

「喔——」璃笑著往他的身上貼，卻馬上被開距離。「汝做啥，閃這麼快？」

「妳叫我離遠一點，別貼上來。」

「汝該不會生氣了吧？」璃嘻嘻笑著跑上前，仔細看著面無表情的孔天強：「汝應該要體諒咱，愛乾淨是女孩子的天性！」

他斜眼看著她，忍不住想到一開始非常排斥洗澡的狐狸精和那不洗澡的發言，跟現在的狐狸精簡直就是不同人。

「好啦，別生氣了！」

「我沒有。」

「要不然咱現在來補償汝？」璃整個人跳到孔天強背上，用無尾熊的方式纏住後在他的耳邊低語：「如何？能感受到咱的體溫嗎？能感受到咱的溫暖嗎？」

「滾！」他立刻想甩下璃，但她就像強力磁鐵一樣紋風不動。他很快就放棄掙扎，就這樣背著璃往前走。

在經過孔天龍身邊時，孔天強連看都不看一眼，徹底無視對方。那強大的魄力和方才鮮明的印象，讓他在孔天強經過時連大氣都不敢喘一下，然後才保持一段距離跟在後面。

越靠近下水道中心處，靈力和血腥味就越來越濃，孔天強的臉色也越來越差。同時，璃聞到了越來越濃的孔天妙氣味，雖然一直想否認和無視，事到如今也只能承認那不好的預感。

終於，他們到了所有水道的匯集點，也是第二次麒麟討伐戰的主戰場，代號「核心」的地方。在這裡，孔天強有著太多回憶，太多能夠成為怒火燃料的回憶。

然後，孔天強等人愣住了。

核心此刻是一片血海，地面幾乎全被鮮血染紅，璃那野獸的直覺所感應到的「不祥的預感」成真。

孔天妙和孔天虎，兩人站在核心正中間，也是血海的中心點。

FOX SPIRIT

>>> Chapter.10_ 孔天妙終於能夠站起來揍孔天強

孔天妙和孔天虎站在血泊中央，孔天虎兩手放在輪椅的推柄上，看起來像是要將孔天妙推去哪裡。

「姐姐！」孔天強忍不住叫了出來，立刻要衝上去，卻被璃給拉住。「放開我，姐姐她……」

「汝冷靜點！」璃打斷他，還踢了他的小腿。疼痛感讓他閉上嘴，璃那對火紅的雙瞳緊盯著前方的孔天妙。「汝難道不覺得奇怪？為什麼妙妙會出現在這裡？這可能是陷阱啊，大蠢驢！」

璃的話語狠狠潑了孔天強一盆冷水，他瞪著眼，看了看一臉認真的狐狸精又看向孔天妙。不管怎樣看，眼前依舊是「真實」，但他明白璃說得有道理。

「小璃，我確實是孔天妙，真正的孔天妙喔？」大吵大鬧的兩人理所當然地被注意到了，孔天妙對兩人露出一如往常的微笑。雖說是一如往常，卻又有些違和感。

「為何妙妙汝會出現在此處？」璃知道眼前確實是孔天妙，那抹熟悉的氣味騙不了人，不過她百思不得其解，眼前的究竟是怎樣的陷阱？究竟是怎樣的陰謀？

「因為我必須在這裡。」孔天妙不假思索地回答：「這裡有我必須做的事。」

「是什麼事？汝……不是被汝身後的那個渾蛋給出賣，然後被麒麟綁架了？」

「說綁架太誇張了啦，我看起來像是被綁架的人嗎？」孔天妙忍不住笑出聲，但臉上的表情變得十足邪氣：「為了殺光所有不速之客。」

「不速之客……」看著地上的血跡，璃知道究竟是怎麼一回事了：「汝為何會突然開始幫麒麟做事？為何會成為那老賊的手下？難不成汝被威脅了嗎？」

「小璃覺得我是那種怕威脅的人嗎？那妳對我的認識太淺了。我並沒有成為誰的手下，更不是為了誰做事，而是為了我自己。」孔天妙站起身，向前俐落地走了幾步，笑著對孔天強和璃說：「妳看，為了現在能這樣。」

如果不是場合不對，孔天強會覺得自己見證了奇蹟。但偏偏是在這裡，在這個充滿邪惡的地方。

「你們不覺得現在這個樣子，我才算是正常人嗎？」孔天妙笑著問：「你們不覺得這個樣子，我才能夠重新回到正常的人生嗎？」

「妙妙，咱在汝的身上感受到妖氣。」

「因為是姐弟的關係吧？孔天強的身上會出現妖氣，既然如此，身為姐姐的我身上出現妖氣很奇怪嗎？」

「不對……不對，汝等的妖氣並非相同性質，若真要明確描述的話……」

「到底、到底是怎麼回事！」孔天強緊張地抓住璃嬌小的肩膀，粗魯得讓她感到疼痛。

「眼前的妙妙雖然是妙妙，卻已經不是咱們認識的妙妙。」璃甩開孔天強的手：「汝讓咱很痛，汝這麼緊張也解決不了問題！」

「妳說的到底是什麼意思！」

璃猶豫著要不要說出實話，因為只要揭露真相，最難過的肯定會是孔天強。

「心魔。」就在這時，孔天龍插進話來。他鐵青著臉看著孔天妙，沒想到事態會發展得這麼糟糕——他感到自責，如果能管好孔天虎，或許就不會變成這樣。

「汝可別以為是麒麟幹的好事，沒有人可以讓人擁有心魔，只有自己才能讓自己擁有心魔。」孔天龍都這樣說了，璃知道自己必須解釋。此刻她不敢看孔天強，她知道在知道真相後，孔天強的表情一定會讓自己心痛。

「所以是什麼造成的！是誰害她變成這個樣子！」

「是汝啊……大蠢驢。」璃緩緩說道，同時聽見孔天強倒吸一口氣。

「這是什麼意思……」

「心魔均是由心而起，只有自己思想上或心理上的障礙才有可能造成心魔，這不是任何人能給的東西。而對妙妙而言，先前的打擊加上擔心汝的心情所以才……」講到這裡，璃不想再繼續，同時為了減輕孔天強的罪惡感，立刻說道：「不過雖然心魔沒辦法給予，卻可以催化……麒麟應該用妖力催化妙妙的心魔成形，才會兩天沒見到就變成這樣。」

「都是我……」雖然璃試著減輕他的罪惡感，但是他已經聽不進去了。他的雙腿一軟、雙膝撲通跪地，表情也變得呆然。

看著孔天強這樣，璃感覺自己的心像是被什麼東西扎了幾下，疼痛感讓她看向孔天妙，轉移自己的注意力。

「妙妙，汝真心覺得現在的模樣對汝來說比較好？」

「不知道，但是最起碼現在我覺得很輕鬆。就像丟掉背了很久的大包包一樣，從來沒有這麼輕鬆過。我很滿意自己現在的狀態喔，小璃。」

那模樣，狐狸精看了忍不住咬牙。或許當時幫她隱瞞是錯誤，她忍不住這樣想。

「孔天虎，這全是你搞的嗎？」就在璃還在思考下一步該怎麼做的時候，一旁的孔天龍已經按耐不住憤怒，對著孔天虎大吼：「你到底做了什麼！」

孔天虎臃腫的身軀明顯地縮了縮。

「現在立刻回來，帶著阿妙！」孔天龍沉著臉命令道：「現在回頭，還來得急！」

他不斷思考要怎樣向協會說明這個情況，他很清楚只要全部怪給麒麟就能開脫，但前提是要有一個合理的說法，並且想辦法說服在場所有人統一口徑。

「我、我拒絕！」孔天虎的回應卻出乎他的意料：「我不會回去，而且我沒有錯！」

「到現在還執迷不悟！你到底有沒有搞清楚你做了什麼？」

「我做了你做不到的事情，很明顯，現在的事情你做不到。」孔天虎顫抖著回應質問，雖然表情依然畏懼，其中卻帶著一絲得意：「我終於有一樣事情贏過你，終於變得比你強了！」

「你到底在說什麼……你也被心魔入侵了嗎？」

「什麼心魔？這才是真正的我啊！一直被打壓的我！而且我不後悔帶走妙姐，雖然她現在的樣子不太一樣，但她還是那個妙姐，唯一會對我溫柔的那個妙姐，所以我沒有做錯！」孔天虎知道自己不能承認，一旦承認就更加證明一件事情——

天才和凡人有一段距離，和庸人更是天差地遠。

他不想再成為「庸人」，自知不如天才的他，現在必須死命地抓住這根得來不易的浮木，才能繼續妄想自己很優秀。美夢，總是讓人不想醒來。

「回來，這是為你好！」

「為我好？是為你自己好吧……一直都這樣說，你有想過我的感受嗎？在這裡，麒麟大人很清楚我這種人的立場、知道我的優點也願意支持我。很可笑吧？最理解我的居然是妖怪！」孔天虎此刻的表情就像隨時會哭出來一樣。

面對壓力，每個人有不同的方法調適，孔天虎選擇逃避到他人替他製造的容身之處，在那裡他可以繼續做著美夢。

「咱這外人真心覺得汝等孔家的問題真多。自私自利且彼此欺騙，汝要玩這等低等遊戲自己玩去，別扯別人進來！」這無疑是遷怒。

「區區一個妖怪，給我閉嘴！」腦子一片混亂的孔天龍瞪向狐狸精：「再說一句話我就滅了妳！」

「就算咱閉嘴也抹滅不了事實。汝看看眼前這片血海，若非汝等家族的問題就不會拖妙妙下水，更不會造就這片血腥！」

孔天龍無法反駁，因為這是鐵錚錚的事實。眼前這情況，孔家確實需要負起所有責任。不單單是孔天虎的錯，孔天龍知道若不是其他因素，就不會導致孔天虎的失控，也不會造成今天這種局面——長老的決定、家族的決定真的都是對的嗎？

「這是怎麼回事……」

此時，另一組人馬到達中心點。這一組只剩下三個人，臉上帶著疲倦、身上有戰鬥的痕跡，明顯也是經過了千辛萬苦才到這裡。看著眼前的情況，他們的表情透出不安。

「妳不是孔天妙嗎？妳怎麼會在這裡！」馬上就有人認出孔天妙，畢竟五年前她是北部赫赫有名的妖怪獵人，甚至被人稱為「獵后」，實力在當年是數一數二的強大。

「妳還記得我嗎？我是……」其中一個男人立刻露出笑容，下一秒卻僵住、不再動作。

連提醒他們都來不及，最高級的「行雲流步」移動數百公尺只是瞬間的事情。此時，三個人的頭顱被孔天妙摘了下來扔在地上，原本用來燒滅妖怪的淨妖之炎正將他們當成燃料，讓他們連渣都不剩。

「我記得你們，劉家的劉光銘和劉光啟，以及妖怪會的蛞蝓精王德智。」看著燃燒的火焰，孔天妙緩緩吐出這些曾經合作過的夥伴的名字，然後又回到中心點。

地上的鮮血又多了一點，要造就這片血海，天曉得她究竟在這裡殺了多少人。

攻擊部隊大概沒想到，就算費盡千辛萬苦、突破萬難地來到匯合點，等著他們的命運卻是被曾經人稱北區最強的妖怪獵人獵殺。

「那真的是妙妙？」看著眼前殺人不眨眼的惡魔，璃的語氣充滿懷疑，她完全不知道孔天妙的實力這麼可怕。

「不是，那不是姐姐……真正的姐姐還要更加強大，那不是姐姐！」

在沒有入魔前的孔天妙確實更加強大，現在還沒有適應妖氣的她僅能發揮七、八成的實力。如果是過去的她，就算是現今被譽為北部最強戰力的妖怪獵人「孔家三本柱」一起上都不會是對手。

璃馬上知道這一切全是麒麟的刻意安排，一齣惡質的八點檔連續劇、骨肉相殘的戲碼。

「天強，回去吧。」抹掉臉上的鮮血後，孔天妙溫柔地對孔天強一笑：「我不想殺了你，我也覺得沒必要殺了自己唯一的親人。」

「做不到！」他立刻回答，混亂的腦袋試著尋找解決的方法。

「妙妙，汝真的能對這蠢驢起殺心？汝真的被侵蝕到這種程度？」

「侵蝕嗎？沒有吧，現在的我很好，心魔就是我、我就是心魔，既然都是我，何來的『侵蝕』？只是現在的我才是更接近自己的我、不為任何人而活的我。」

「姐姐……」孔天強看著孔天妙，完全不知道該怎麼辦。

該把她當成妖怪還是不當成妖怪？

該與她戰鬥還是不該與她戰鬥？

他真希望現在有人能夠給他一個不會有錯的答案、一個不會後悔的答案。

「汝才該跟我們一起回去！」

「不行，我的目的還沒有達成！」

「汝到底有什麼目的？這個目的比咱們重要嗎？」

「殺光所有讓我們姐弟不幸的人，妳認為這個目的重不重要？」孔天妙用十足認真的表情說道：「這只是第一步，離我的目標還很遠。」

「汝這是在成為妖！汝別就這樣被心魔控制住！」

「成為妖又怎樣？小璃難道不是妖怪嗎？」

孔天妙的反問讓璃一時間答不出話來。

「就算方法不對，但起碼這一次我可以保護好我最愛的人，這樣就夠了。」

孔天強落淚了。兩行熱淚從眼角流出，他立刻把這丟人的象徵給抹掉。

他完全沒想到即使成了魔，孔天妙心心念念的還是他，豁出一切就只是為了他。

「姐姐，我必須帶妳回去……就算必須跟妳打一場，我也要帶妳回去。」他繃著臉緩緩地說：「一定、一定，我不能再失去妳這個唯一的親人！」

「你覺得你打得贏我嗎，天強？」

「就算做不到也要做。」孔天強立刻進入妖化外裝的狀態，他看了狐狸精一眼，緩緩說道：「璃，妳千萬別插手。」

他知道這是只有他才能做的事情。以前都是孔天妙袒護自己、保護自己，他知道這一次輪到他保護這唯一的親人。

「孔天強，你這是把我當空氣嗎？」孔天虎擋到孔天妙面前，同時也進入戰鬥模式、雙拳燃起淡紅色的火焰。

「孔天虎，你到現在依然不回頭嗎？」孔天龍也以戰鬥模式往前跨一步：「今天我一定會帶你回家，你最好做好心理準備！」

「我不會回去，我已經決定了，我回去的那天就是我或妙姐成為掌門的那一天！」

「到現在還不清醒嗎，孔天虎！」孔天龍咆哮道：「你一定要成為罪犯嗎？你什麼時候才能長大！」

看著眼前的景象，璃感到不安。她覺得這一幕全是經過刻意安排的戲碼，幕後黑手肯定躲在某個地方看著骨肉相殘的好戲竊笑。

孔天強和孔天龍同時間發動攻勢，狐狸精知道自己來不及阻止了。

孔天強衝到孔天妙面前，毫不猶豫地出手，一拳拳的力道颳起旋風，速度快得常人根本看不見，卻全被孔天妙輕巧閃過，甚至抓準時機使出交叉反擊拳、精準地揍在他的鼻樑上。他連退好幾步，流出兩行鼻血。

「這是最後一次機會，天強，你應該知道自己沒有勝算。」

「做不到。」

「你從來沒有打贏過我，過去不行、現在不行，就連未來也不行。」

「做不到。」

「是嗎……那就別怪我了。」她的雙拳燃起青中帶黑的火焰，正式進入戰鬥模式。

同時，圍繞的濃烈黑色妖氣讓她看起來有些朦朧，比起孔天強的狀態，孔天妙更加接近妖怪的那一邊——也就是敵人，孔天強必須討伐的對象。

這裡是下水道的中心，正是靈脈匯集的地點，靈力濃烈到堪稱「毒」的程度。孔天妙的法力本質就是「吸收」，此刻受到麒麟的妖力催化而被心魔控制，再加上濃烈的靈力，讓她的「人」迅速崩壞，變質為「妖」。

孔天強還猶豫，孔天妙的出手卻沒有半點懷疑。一瞬間，她就到達孔天強面前，直接對頸部出手。勉強才閃開的孔天強感受到那份認真與殺氣，以及頸部左側的刺痛，他知道光是擦到就足以造成傷害，更不用說真的被刺中的結果。

孔天強立刻回擊，伸手抓住孔天妙的手臂順勢使出過肩摔，她卻在半空中重新調整勢態，更巧妙地借力使力反過來讓孔天強倒在地上，並且扔出符咒。然而，符咒雖然稍減卻沒有方術陣出現，這樣的意外讓孔天妙的攻勢停止，孔天強也立刻爬起來。

「真是可惜啊，現在的狀態居然不能用符咒……雖然狀況有點相同，但是我和你的結果卻完全不一樣呢，天強。」和孔天強剛好介於中間的狀態不同，孔天妙因為太像妖怪，所以無法使用妖怪獵人的符咒。

「你到現在還是不願意認真嗎？怕把我殺了？天強啊，你怎麼老是這樣自以為是呢？我是不是沒有好好教育你？一直都不聽我的話、一直讓我擔心……我錯了，對吧？既然如此，我就有義務修正一切。」

「修正什麼我不知道……我只知道現在的做法，姐姐妳只會更痛苦！」

「痛苦啊，痛苦呢……」孔天妙呢喃著這兩個字，然後冷冷地笑了起來：「天強，你懂嗎？到底什麼叫做痛苦？一直想忘記的悲傷卻忘不了、一直想放下的擔心卻放不下，這才是痛苦啊！我一直期望一切會越來越好，卻沒有辦法……」

「對不起……對不起……」孔天強知道她雖然沒有明說，但無論是痛苦的事情又或是擔心的事情全是他造成的。一直折磨孔天妙的無庸置疑就是他，孔天強害怕地垂下頭，不敢看她那張著魔且充滿悲傷的臉。

「道歉也沒有用了啊，天強，一切都來不及了。」孔天妙來到他面前，一拳擊中腹部，他立刻吐出鮮血向後倒下。孔天強看著天花板，沒有任何動作。

「蠢驢……蠢驢！」璃看著這一幕忍不住尖叫，火紅的雙眼漾起水氣看向孔天妙：「妙妙，汝真的知道汝方才打傷的人是誰嗎？汝快回神啊！」

「我很清楚喔，小璃。」孔天妙笑著說：「我打傷的是我最愛的弟弟。」

「汝既然還保有神智，那為何……這不完全是心魔造成的，對吧？」

「別插手，這是我和姐姐的問題……」聽到璃的聲音，孔天強回復了意識，吃力地重新站好。

「沒錯喔，這是我和弟弟的問題。」孔天妙笑著回應。

「汝等真是頑固！」

「因為妳是我的姐姐，所以我一定要帶妳回去！」

「因為你是我的弟弟，所以我一定會把你殺掉。」

「這次輪到我救姐姐了！」

「與其到時候讓別人殺掉而心痛，還不如親自動手。」

雖然此刻的孔天妙渾身充滿邪氣，卻還是散發著無比的溫柔。那份「母愛」和親情的羈絆並不會因為墮落為妖而有所改變，即使生死分別也不會變質。

孔天妙是那種會把草莓蛋糕上的草莓、最愛的一部分留到最後的人，但是多年來的教訓讓她學乖了，她決定要在別人動手前先奪走那份最愛，也就是孔天強的性命。

「天強啊，很少看到你違背我的意思呢。就連剛把璃撿回家的時候你也沒有違背我，那時候你明明就這麼憎恨妖怪，為什麼這次卻這麼不聽話呢？」她笑著問。

「因為現在的姐姐並不是姐姐！」孔天強沉著臉：「所以我不會聽現在的姐姐所說的話。」

雖然此時毫無頭緒，但孔天強知道一定有辦法能讓孔天妙回復原狀。他不想認真下手，現在的自己卻無法對全力以赴的孔天妙手下留情。

「我最討厭的就是你這一點，一旦決定或是認定的事實，如果不用暴力的手段你就不會乖乖閉嘴。」孔天妙的腳下出現妖術陣：「果然我想得沒錯，雖然沒辦法用方術但是卻可以用妖術呢……孔家流・流星碎裂！」

孔天強知道這招的厲害，立刻扔出符咒企圖用土牆來擋——

流星雨般帶著火焰的密集拳擊打在土牆之上，妖化外裝模式下召喚出的厚實土牆竟完全無法承受孔天妙的這一招，迅速出現裂痕並且開始崩裂。很明顯，同樣是妖化的狀態，她的實力依舊遠超過孔天強，讓人很難相信她才妖化沒多久。

孔天妙是天才，無庸置疑是百年內孔家最強大的妖怪獵人，無論學習能力或是戰鬥能力都是一等一的高手。這也是為何孔家會渴望孔天妙回歸，即使坐在輪椅上，她的實力依然輾壓許多妖怪獵人。

也因為這樣的實力，讓她在妖化沒多久就能擁有壓制孔天強的實力。如果再不認真，他真的會死在孔天妙手上。

「蠢驢別再猶豫了，快點出手！」

孔天強也知道這一點，但不管怎樣都無法對自己的姐姐出招，因為有個萬一，她很可能會被自己殺害。

「真是個蠢蛋！」看不下去的璃立刻脫光身上的衣服並獸化，吐出火焰包圍孔天妙、制止她的攻勢。

「妳別插手，這是我們的問題！」孔天強立刻喊道：「妳別管！」

「咱認為這樣做比較快，咱不能眼睜睜看著汝被殺！咱知道汝的顧慮，但是也就是這層顧慮讓汝的行為和自殺無異！」

「但是這是我們姐弟的事情，不該再扯其他人進來！」

「汝說過咱也是汝的家人，既然是家人，那咱就有權利幫忙汝等。」璃跳到姐弟之間，睨著孔天妙緩緩說道：「妙妙，夠了吧？鬧脾氣也應當有個限度。」

「鬧脾氣？可能吧，現在看起來就像在鬧脾氣。」孔天妙左腳踩了下地面，狐火立刻被地面冒出的青黑色火焰吞噬，接著她冷笑起來：「壓抑了這麼久，鬧一下脾氣又有什麼關係呢？對了，小璃，我也很愛妳喔。雖然我們相遇沒有多久，但是我很愛妳，把妳當成了家人……既然是我珍視的家人，那我就有義務殺了妳。」

「汝做不到的。現在的咱比汝強上許多，現在的汝一點都不是咱畏懼的孔天妙。」

但是就在下一秒，璃的左前腿被削斷。雖然感覺到疼痛，她卻沒有驚慌失措，左前腿在瞬間復原。雖然表面依然威風凜凜，璃其實有點小緊張，因為她完全沒有看見孔天妙出手的瞬間——

就在這時，璃發現一件事情。如果孔天妙的動作可以快到讓她完全沒有察覺就削斷自己的前腿，那麼很明顯……

「現在的汝變弱了，弱到無法斬殺咱。」既然只是「可能」，璃決定再多做一些來將一切推論化為肯定。

「不對喔，小璃，我很強，我現在的狀態是這幾年來最好的狀態喔？所以別胡說了好嗎？如果我是妳的話，一定會趁現在把孔天強帶走，盡可能逃跑。」

「汝真的很強嗎？」璃冷不防地舉起前腳往孔天妙身上踩，沒想到她完全沒有反抗，就這樣被璃給踩在腳下並悶哼一聲。

這下子那份不確定也瞬間變成了確定。

「狐狸精！」孔天強看到這一幕，忍不住咆哮：「快點住手，不然我會殺了妳！」

「咱只是在做咱該做的。」在明白了孔天妙的用意後，璃也開始動腦筋並且權衡著，究竟要強制把孔天強帶走，或是想辦法解除孔天妙的心魔狀態。璃實在想不到完美的答案，不管是哪一個都有所利弊。

不過現在有一點很肯定，自己必須插手這件事情。

「既然咱是汝的家人，那麼咱勢必要阻止汝等同自殺的行為，除非汝想通了咱才會不再插手。」

「放開姐姐！」

「汝從頭到尾除了孩子氣的反抗和消極的應對，汝還會什麼？汝要咱放開妙妙，那汝又有多少決心來反抗妙妙？汝到現在都還沒有發現事情的真相。」

孔天強被戳中痛處，瞬間講不出任何話來。

「汝究竟要撒嬌到什麼時候？汝究竟要多依賴妙妙？汝到底怎樣才能成長？妙妙也是一樣，這樣鬧脾氣……若是汝等都不老實，那麼汝等就別爭執了，這壞人就由咱來當。」璃的大嘴出現火光、腳下出現巨大的妖術陣，強大的妖力正不斷從中湧出：「與其看著汝等痛苦地互相殘殺，那不如由咱來了結一切，這是咱所能想到最完美的結局。」

「妳——」孔天強原本要衝上前阻止，卻立刻被璃的尾巴掃開。

「妙妙，汝也能理解吧？咱也懂汝究竟在打什麼算盤，汝那哀傷的神情和放水的行為已經說明了一切。汝想要了結一切，那做為汝的家人，咱就必須要完成汝的願望，現在也只有咱能做到。」

「是嗎？果然交付給妳是正確的呢，無論是我的性命還是孔天強……」孔天妙用只有璃才能聽見的音量低聲說道：「也只有妳才能察覺啊，小璃，畢竟不同次元的強大只有妳才能在體會後明白，我卻無法求饒也無法明說……」

「所以汝才要趕走咱們，想獨自抵抗那個幕後黑手，不想把我們扯進去。」璃低下頭，一樣壓低聲音說道：「這個世界真殘酷，妙妙啊……汝有什麼遺言嗎？」

孔天妙輕聲說了幾句話，璃輕輕地笑了，然後抬起頭。

「咱來了結汝吧。」

「轟！」但就在火焰噴發之前，璃的頭部突然受到重擊。無預警的攻擊讓她徹底失去平衡，直接向旁邊倒下。原本以為攻擊來自孔天強，但她馬上發現是有著十足噸位的孔天虎被人扔了過來。

孔天虎被揍得鼻青臉腫、滿臉是血，揍他的孔天龍狀況也好不到哪裡去，但依然有力量可以阻止璃。

「汝這是在做什麼？兄弟打架往旁邊打，別妨礙咱！」

「我不能讓妳殺掉孔天妙！」孔天龍喘著氣抹掉嘴角的鮮血，然後接著說：「我一定會帶她回孔家！」

「所以汝阻止得了咱？」璃甩開孔天虎站起身，還忿忿地踢了他一腳。巨大的身軀和來自野獸的震撼讓孔天龍的身體僵了一下。「汝為何覺得汝做得到？」

「還沒結束，還沒結束！」同時孔天虎緩緩地站起來，在咳了幾口鮮血後又揍向孔天龍：「一切都還沒有結束！」

「天虎，已經結束了，乖乖跟我回去接受家法制裁吧。」

「我不會再回到現在的孔家！我才不是你們這些人的附屬品！」

「我沒有這麼想過。」

「明明就有！我不是附屬品，為什麼就只是晚一點出生，一切就都不屬於我？這不公平！」

「這不是出生順序的問題，這要問問你自己。」孔天龍絆倒了孔天虎，擺出一如往常的冰冷表情睨著他說：「你什麼都不努力卻又什麼都想得到，這些東西自然不會屬於你，這樣的道理為什麼到現在你還是不懂？」

孔天虎絕對不是一個好學生。在講術式理論的時候偷懶、在實際演練的時候偷懶，就連出任務時，他不是躲在別人背後就是挑簡單的做，在什麼實力沒有的狀況下卻還做著白日夢。

他今天能夠得到孔家三本柱的位置也只是偶然，孔天妙離家出走、孔天強被逐出家門，其他的親戚不是在國外就是因為一些事情而被除去資格。這小小的幸運卻讓他無限的膨脹，並且對其他事情產生妄想——最終，造就今天的局面。

「原本不想用的……」孔天虎死命地往前爬，模樣狼狽到有點滑稽，臉上卻出現得意的笑容：「麒麟大人給我的力量！」

孔天虎的身上開始竄出妖氣，黑色的氣息在他的臀部匯集成尾巴。他感到強大的力量不斷的從身體內湧出，開始大笑著站起身。雖然依然渾身疼痛，強大的力量卻麻痺他的理性，進一步地讓他覺得自己無所不能。

一旁的孔天強馬上發現那就是當時的「偽獸模式」，心中開始出現疑惑，疑惑很快就轉為不安。

「麒麟的力量……？」他低喃，同時孔天虎也開始對孔天龍發動攻勢，速度和力量遠遠超過孔天龍的預期，原本占上風的他被打得節節敗退。

「汝現在還在想什麼，快點去幫孔天龍！」眼前這狀況也讓璃心中有了疑惑，但這也讓她一直以來的懷疑得到了解答，恐怕——

「這是他們活該，不關我的事情，我現在在乎的只有姐姐！」

「妙妙的事情我會處理。」

「我不會把她交給任何人，更何況是要殺她的人！」

「這是無可奈何的事情，汝應當救下能救下的性命，雖然他們很討人厭，但他們也是汝的堂兄弟！」

「我已經被逐出家門。」孔天強冷著臉說。

「汝又不會因為汝被逐出家門而不姓孔，就算被人口頭逐出家門，汝身上的血脈卻一輩子也斷不了！」

「可以的話……」

「閉嘴。」璃一聲低吼，讓他瞬間噤聲。「汝若是把汝想說的說出來，就是在侮辱汝的父母、侮辱汝的名字！」

「我不是這個意思。」無力的反駁後，孔天強陷入沉默。

就在一人一狐吵架的同時，孔天龍已經被揍得體無完膚，扔到孔天強的腳邊。

「汝啊，好好思考吧。」璃睨了眼倒在地上的孔天龍，確定他還死不了後緩緩地說：

「經歷了這麼多，但為何汝心中卻依然只存在著恨？」

因為每當想起一切時，那份疼痛讓人想忘也忘不掉。雖然璃的出現撫平了那份傷痛，這不代表心中的疤會就此消失。但是孔天強知道狐狸精是對的，他必須習慣那道疤痕，他必須放下那些仇恨。

就是因為他放不下，才會造就今天的狀況。想到這裡，孔天強忍不住握緊雙拳。

「你們是不是忘記我的存在了？」孔天妙緩緩站起身，臉上正掛著笑容：「居然還有那個心情關心別人？」

「妙妙，汝若是能乖乖地不反抗的話，其實不會浪費太多時間。」

「我能做的只有小心一點，別太快弄死你們。我無法反抗自己的心，無法抗拒殺死你們的衝動。」

「退而求其次的話，咱認為這樣確實足夠了。」

狐狸精立刻撲上去，和先前不同的是，這次孔天妙反抗得非常厲害，一轉眼就把狐狸精摺倒在地。就在準備給予致命一擊時，璃適時反過來擊倒孔天妙，兩人打得不相上下，不過還是看得出來璃應對得十分吃力。

孔天妙是璃至今從未見過的強敵，用妖術的話大概有一半的妖力會被吸收、用肉搏的話又容易被借力使力打倒。和當年封印她的道士相比，孔天妙勝過許多。

看著眼前的打鬥，孔天強知道都是因自己而起，這也代表若是他再不改變，這樣的事會不斷發生。

該怎樣做已經很明顯了。

孔天強重新使用妖化外裝，接下不知道第幾次被揍飛過來的孔天龍，豪不體諒地把人扔在地上，這讓孔天龍痛喊出聲。

「這只是小小的報仇，還有很多帳要跟你算。」孔天強說著緩緩走向前，擋在孔天龍和孔天虎之間。

「你想跟我打？」看見孔天強站了出來，孔天虎先是冷笑，然後漸漸仰天大笑：「你絕對不會是我的對手，你這個雜魚！」

孔天強懶得跟他廢話，瞬間就衝到孔天虎面前，一拳擊重擊腹部，力道強勁得出乎孔天虎的意料。他整個人被向後打飛，滾了好幾圈後吐出胃袋內的東西，同時還散發出糞便的臭味。

「不可能、不可能……」孔天虎還沒有搞清楚到底是怎麼回事，麒麟給予他的妖力消失了大半，就僅僅是一拳。

他吃力地掙扎著想站起來，但是那一拳的破壞力讓他全身無力。他試著重新凝聚麒麟給的妖力，黑色的尾巴漸漸在他的尾椎處成型。

孔天強緩緩走到孔天虎面前，睨著他。

「離我遠一點，劣種！我不可能輸給你！」雖然嘴上這麼說，他的眼神和聲音卻有著藏不住的恐懼。

「閉嘴。」孔天強一拳敲向孔天虎的後腦，讓他重新趴在地上，屬於麒麟的妖力也不再顯現。簡簡單單就打倒了孔天虎，一旁的孔天龍臉上盡是驚訝。

「為什麼……為什麼！」趴在地上的孔天虎一臉不甘心：「我為什麼會輸給你！」

孔天強沒有回應，就只是看著他。他正在思考，到底怎樣處置他才恰當。究竟是放他一馬，還是讓他再也無法使用武功和方術，他在兩者之間考慮著。

「別這樣看著我！」孔天虎咆嘯：「我最討厭你那個眼神！」

「孔天虎，你錯了。」孔天強緩緩說道：「所以你輸了。」

這完全就是疏於鍛鍊的證明，也是因為這樣孔天虎才會有如此臃腫的身材和遲鈍的手腳。但這並不是孔天虎真正的錯誤。

每個人都有擅長的事情和不擅長的事情，根據孔天強的了解，孔天虎在繪畫方面有著一定程度的天賦，但這樣的天賦並不被孔家容許。

孔天強被逐出家門的事情讓孔天虎得到警惕，他只能逼自己成為妖怪獵人。然而這樣的不情願讓他一直無法進步，所以漸漸轉向歪道，進一步造成今天的局面。

造就孔天虎扭曲性格的是孔家，那麼這份錯誤或許應由孔家扛下才對。

「孔天虎，夠了……」孔天龍緩緩走過來：「已經夠了。」

「膽小鬼。」孔天強冷冷說道。

沒錯，膽小鬼，無論是孔天虎或是孔天強。他看向依然在纏鬥的狐狸精與孔天妙。那兩個怪物打起架來讓人完全不知道該如何插手，雖然能夠輕鬆秒殺孔天虎，但孔天強無法確信自己能像那樣輕鬆地應付打架的一人一狐。

不過他知道自己已經不必「插手」，他知道她正等著自己。

家人。

孔天妙一直等著他，等他這個一直瞎努力卻依舊不成材的弟弟。

如果可以重新選擇、一切可以重來，一定會有所不同。

「璃，滾開！」孔天強往兩人走去。

「汝就不能好好說嗎？」看見孔天強的表情，璃知道他已經發現真相，也知道該怎樣做，所以立刻向後退，同時一如往常地抱怨：「非得要咱滾開的，好好說會要了汝的命？」

「對不起。」

「汝是否吃錯藥了？」突然的道歉讓璃打了個冷顫，但是她的嘴角立刻帶上笑意：

「真是讓咱覺得噁心。」

「所以現在要更換選手打第二回合嗎？」孔天妙看向站到自己和狐狸精之間的孔天強：「二打一雖然有點不公平，但是我不會介意喔？」

「姐姐，我不會是妳的對手。」思考片刻後，孔天強說道，臉上出現少見的不安，看起來就像是準備告白一樣，這表情可愛得讓璃忍不住甩了幾下尾巴。「現在不是，未來也不會是。」

「既然如此，你為何站在這裡？想通了，所以要來讓我殺掉嗎？」

「我不是以對手的身份站在這裡。」

「喔？這就有趣了，那是什麼身份？」

「弟弟，以弟弟的身份。」孔天強解除了妖化外裝，對孔天妙張開雙臂：「姐姐，我們回家吧？」

這是現在唯一的解決方法。不是強迫的口吻，而是用這樣無比溫柔的問句。這個是身為弟弟的他現在唯一能做的。

「別以為這樣子我就不敢下手。」孔天妙的腳下再次出現妖術陣，她笑著說：「我一樣會把你殺了，你不怕嗎？」

孔天強知道這並非出自真心，而是心魔，一直到現在他才注意到這一點。

璃則是在很早的時候就察覺了。

放水的行為讓璃察覺到孔天妙正努力對抗心魔，因此企圖多拖延一些時間來讓他自己發現真相。只是孔天強比她想像的還要木頭，才多花了許多時間。

不過孔天強終於發現了。

現在最佳的解答只有一個，就是殺死孔天妙，所以從一開始她就企圖逼孔天強殺了自己。璃很清楚這是孔天妙所期望的，但她也很清楚孔天強絕對不會選擇那個選項，即使不切實際，但那個姐控一定會想到其他方法。

「我相信妳不會。」孔天強如此回答。

孔天妙冷哼一聲，轉眼間就揮拳衝到他面前，但他沒有任何動作，一副尋死的臉——拳頭在孔天強那張帥臉前一公分處停了下來。

強勁的拳風讓他知道，如果真得吃上這一拳，腦袋一定會像西瓜一樣爆開。

「為什麼不反抗……」

「因為我相信姐姐。」

就只是這樣的回應，讓孔天妙的淚水不受控制地奪眶而出。

「如果、如果我停不下來的話要怎麼辦？」

「不會的，因為妳是姐姐。」

「就算到這個地步，還是沒辦法逼你殺了我嗎？」

「因為我是弟弟。」

「我很有可能殺了你！而且我已經入魔！」

「但是妳在努力對抗。」孔天強皺起眉，嘴角微微上勾：「而且入魔又怎樣？妳沒有嫌棄被逐出家門的我，所以我也不會嫌棄入魔的妳。」

孔天強相信這才是最佳的解答，也信任孔天妙一定會給他答案。如果不是剛剛揍完孔天虎之後冷靜地思考了片刻，被憤怒遮蔽雙眼、被情緒阻斷理智的他一定不會注意到這個答案，以及這個狀況的真相。

「謝謝姐姐一直包容我，妳已經入魔，現在輪到我來包容妳了。」孔天強說著，抱住了孔天妙。

從來沒有這樣擁抱過，那份來自親情的溫暖將一片黑暗的心染白，黑色魔氣被逐出孔天妙的身軀，這個擁抱的威力遠強過許多符咒，就在瞬間，驅逐了心魔。

入魔並非無解，只是難度太高。通常會入魔就代表著當事人有執念放不下，很明顯，孔天妙的心魔來自於「對弟弟的擔憂」，此刻來自孔天強的溫暖正好化解這份不安的焦慮，心魔自然除去。

看著眼前的狀況，璃回復人型。雖然很想上去一起抱住他們倆個，但她很清楚現在不是時候。

FOX SPIRIT

>>> Chapter.11_ 以為結束了嗎？

「話說，並非咱想打斷這感人的時刻，而是有些話就只有這感人的時刻才能說。」在兩人抱了一陣子後，璃終於看不下去，走上前去打斷。

「滾。」

「天強，先聽聽看小璃想要什麼吧？畢竟我們能夠和好全是因為小璃。」

孔天妙也意識到他們真的擁抱了有點久，所以抓住機會離開孔天強的懷抱——

但才動一步，劇烈的疼痛立刻襲擊她的神經，為了避免孔天強發現，她硬是忍了下來。

「事情能發展至此，咱可以說幾乎都是咱的功勞。」

「為什麼不直接明講？」

「若是不讓汝自己得到答案，就不會有效果，而且咱相信無法看穿的僅有汝這大蠢驢而已。」

這樣的回應讓孔天強瞬間講不出任何話。

「不過汝做得比咱想像中的還要好就是了。老實說咱沒想到居然能夠這樣驅走心魔，咱以為光是讓妙妙安分下來就已經很了不起了。」

「我很努力控制自己不要殺了你們喔？」雖然身體像是在被什麼東西拉扯一樣，孔天妙還是硬擠出一絲笑容。

「一盒甜甜圈？」聽見姐姐也幫璃講話後，孔天強知道自己確實欠下一份人情。

「汝啊，又是甜甜圈啊？」璃嘆了口氣，臉上寫著無奈。

「不要？」他的臉上出現了困惑，沒有想到平常的籌碼居然被貪吃的狐狸給嫌棄。

「咱這次想要……」

「抱歉……」

璃的話還沒有說完，一直被疼痛侵蝕的孔天妙再也站不住腳，一口鮮血從口中吐出、身體變得無力，若不是孔天強及時將人扶住，恐怕會這樣重摔在地。

「姐姐、姐姐！」

「蠢驢，讓她躺平！」

孔天強立刻讓人躺在地上，璃湊上前檢查到底是什麼狀況，每一次觸碰都讓孔天妙的呼吸變得沉重、皮膚像是有火在燒灼，璃的臉色也越來越沉重。

「到底是怎麼回事！」

「是因為心魔……妙妙的身軀本來就不良於行，就算心魔附體也不會讓她的身體狀況好轉。在沒好轉的狀況下還做那樣的戰鬥，累積下來的負擔就讓妙妙變成這個樣了。」璃說到這裡便打住，沉著臉，猶豫著到底要不要告訴孔天強結論。

「小璃，直接說沒關係喔？」孔天妙硬擠出笑容，讓璃的眼眶漾起了水氣。

「璃！」

「雖然不會影響性命，但妙妙的經脈幾乎全斷，如果再不做適當的處置，那麼她極有可能變成廢人……」

「可惡！」孔天強狠狠一搥地面，然後立刻站起身：「姐姐，我現在送妳出去……」才剛要行動，地面竟突然晃動起來，緊接著出現裂縫，濃烈的妖氣從中噴發而出。

孔天強認得那份妖氣，下一秒立刻進入戰鬥狀態。

正中央的地面像是被炸彈擊中般爆炸，瞬間整個空間塵土飛揚。塵土稍落之後，一個孔天強從沒見過的老男人從中走出。雖然從沒有見過對方，但光憑妖力，他就認出對方的身分。

眼前正是孔天強朝思暮想的仇人，過去被尊稱為神獸、代表著祥瑞的麒麟。

孔天強瞪著他、雙手的火焰燃燒到最旺盛，就在準備衝上去殺了對方時，璃一把將他抓住。

「汝想做什麼，咱們不是他的對手！」璃叫道：「若是真的打起來妙妙會很危險，汝先帶著妙妙離開，由咱殿後！」

「不、不……」孔天強喘著氣，大力搖頭。

「汝別衝動，汝若是隨意行動、真的和他打起來的話，那咱們一個都走不了！就照咱說的咱來殿後，咱一定會追上……」

「不是，要走一起走。」孔天強熄掉火焰，反拉住璃的手開始往後撤：「我去推輪椅！」

「唔！」他的舉動讓璃愣了一下。

璃完全沒有想到這是他的答案，她原本已經想了能讓他聽話的幾招對策，沒想到居然都不需要用到。

改變了，孔天強確實有所改變了。

「汝別想太多了。」璃甩開他的手，轉身往麒麟走去：「一起走的話誰都走不了，就照咱的意思，咱來殿後。咱一定會想辦法攔下他接著追上去，如果追不上……」

「啪、啪、啪！」三聲響亮的拍手聲讓原本想阻止狐狸精的獵人閉上了嘴。

「真是一場感動老夫的好戲。」麒麟的臉上帶著笑意：「人類總是能夠讓老夫驚喜，對吧，黑色火焰的影魅？」

麒麟的回應讓璃更加確信自己的推測，在這個時間點出現、這裡又是靈脈集中處，這無庸置疑是個陷阱。麒麟的目標是孔天強，是一直在孔天強身上的東西。

「你居然記得我……」孔天強的表情立刻變成黑色火焰的影魅那張撲克臉。

「其實老夫原本確實忘了你，只是最近的事情，要老夫忘掉你也很困難。」麒麟說著，那張笑臉瞬間充滿怒意：「一群礙事的傢伙！」

「蠢驢，快點逃走，他的目標是汝！」

「狐狸啊，半吊子的小聰明只會讓自己的壽命縮短而已，妳還是閉嘴對妳比較好。」

「就算只是半調子的小聰明，也總比自以為全知全能而忽略掉許多事情的傢伙好！」

「忽略掉什麼事情?這讓老夫有點好奇了。」

「咱們全部被汝殺死，並不是最好的結局。」璃轉著腦筋，想著怎樣才能找到生機：「咱雖然不知道汝究竟要什麼，但是若是殺了咱們，只會順了妖怪會的意。」

「這種程度的謊言，妳真的認為老夫會相信?」

「謊言?汝認為這是謊言?」璃冷笑幾聲：「若妖怪會沒有任何計畫，怎會派咱們來這裡?一直以來，被玩弄的是汝才對。」

麒麟的臉上出現一絲猶豫，這也是璃最想見到的。麒麟回想起過去的計畫，每一樣都確實被妖怪會打亂，那麼此時此刻是否也可能是陷阱?

「雖然只是小聰明，但咱確實比汝更快看穿一切。」璃盯著麒麟的雙眼，火紅的雙瞳感覺勝券在握：「為了追捕咱們而浪費掉許多時間，這樣的結果是妖怪會最想見到的，不是嗎?」

感覺不像欺騙，雖然麒麟在來到這裡前先去「辦了一點事情」，但這並不保證妖怪會「那個參謀」不會有什麼更深的計謀。

「像這樣談條件，老夫其實不討厭。」

「但是汝偏偏是咱最討厭的類型，拜託千萬別欣賞咱的小聰明。」

「是嗎?真可惜啊，老夫原本還想讓妳加入我們的。不過老夫有點好奇，告訴老夫這些對妳有什麼好處?」

「咱還有許多想做的事情，不想在這裡白白送命。咱沒有必要遵從妖怪會的命令，畢竟咱根本不是妖怪會的人，咱只是跟著咱的男人走而已，人類似乎說這叫做『夫唱婦隨』。」

「原來如此，但是妳可能要另外找男人了。」麒麟呵呵地笑了起來：「放你們走可以，就跟妳說的一樣，我不想浪費時間。雖然殺了你們就跟捏死螞蟻一樣簡單，但這不代表我能夠快速抓到四處逃竄的螞蟻。留下那個男人，我就放其他人一條生路。」

「汝為何認為咱們會答應這條件？」璃扯了孔天強一下，阻止他答應麒麟的條件。

「說得也是，事情總是不會這麼單純，否則老夫也不用花這麼久的時間來解決這個問題。」

雖然不斷動腦筋、做了各種的假設，最後卻都無解。有再多小聰明也沒用，面對如此強大的力量，璃知道自己的智慧和狡猾完全派不上用場。

「老夫相信生命絕對不是只有一條路，妳其實也有所選擇，答應老夫的條件或是讓老夫稍微活動一下。」

「咱絕對不會順汝的意！」

「這樣的態度反而讓老夫好奇了，莫非妳有能和老夫抗衡的手段？」

「我想辦法拖住他……你們走！」孔天妙試著撐起身體，每個動作都讓她痛不欲生，但是她還是試著站起來：「我相信憑著小璃，只要能幫你們爭取幾秒的時間，她就能帶走你們……」

「不行。」孔天強一口回絕：「姐姐躺好，我們來處理！」

「我已經是廢人了，現在的狀況……」孔天妙說到這裡又忍不住咳出一口鮮血，孔天強知道再不做決定她必死無疑。

「璃，姐姐不能再等了……帶姐姐走，然後去找劉家光。」孔天強轉身把孔天妙抱上輪椅，走到璃的身邊：「我留下，姐姐就交給妳了。」

「汝……」

「沒有更好的方法。」孔天強緩步走向麒麟。

「決定好了？想開了？很好，老夫其實也不喜歡無謂的殺戮。」

「我會殺了你。」孔天強再次進入妖化外裝的狀態，那張冰冷的臉充滿殺氣：「我已經等五年了。」

「果真是初生之犢不畏虎，真是不自量力。你到現在還不懂嗎？老夫並非想讓你留在老夫身旁，而是要從你身上拿回屬於老夫的東西。」

不等麒麟話說完，孔天強瞬間就衝到他面前，順著衝勢揮拳揍在麒麟臉上——

這一拳的威力足以讓麒麟會幹部等級的妖怪腦袋開花，無論是蟻后還是百毒蜘蛛精都逃不了一死。此刻麒麟卻連半步都沒有挪動，很明顯一點傷害都沒有，這樣的結果讓孔天強的臉上盡是愕然。

憑著這一拳，他知道對方是和自己是完全不同次元的怪物。

「汝快回來！」璃立刻尖叫：「汝並非對手！」

「很高興你對老夫揮拳，老夫感受到了自己的力量。這幾年居然讓老夫的力量成長到這種程度，老夫由衷感謝你，黑色火焰的影魅。」

「快出去找援軍！」孔天強吼道，同時扔出符咒企圖用更強大的力量攻擊。他知道自己已經不像五年前那樣弱小，他不相信自己無法傷他半分半毫、無法多拖一點時間——

「援軍？對了，你們還不知道。」麒麟抓下半空中燃燒的符咒，冷笑了起來：「老夫之所以這麼晚才出現，就是為了處理外面那些障礙啊……老夫負責處理外面待命的傢伙，那個殘廢解決所有來到這裡的傢伙，所以請問，你們哪裡還有支援？」

五年前，就是因為忽略外援才導致最終的計畫沒有成功，並且被妖怪會打傷。那樣的失敗教訓讓麒麟更加謹慎，所以先去處理外頭的那些增援才來到這裡。

同時，孔天強的話讓璃的謊言出現破綻。

「噢，狡猾的小狐狸居然騙老夫，讓老夫以為你們有什麼備案。其實沒有，對吧？沒想到老夫居然被你們騙了，還開了優渥的條件給你們。」

璃知道自己的謊言被看穿，忍不住咋舌。

「你不可能殺了所有外援，你殺不掉林家昂！」孔天強立刻向後拉開距離，同時思考下一步該怎樣做。現在的他想的不是活命也不是復仇，而是要怎樣才能讓身後的兩個女人安然撤退。

聽到林家昂這三個字，麒麟的臉色瞬間沉下。

那個半吸血鬼和跟他在一起的吸血鬼原本是由玄武負責，事態的發展卻完全超出他們的掌控，等到注意到的時候林家昂已經變成無法對付的怪物，這是西妖殲成立至今最大的汙點。

「等老夫回復妖力，那樣的年輕妖怪絕對不是老夫的對手！」

「大蠢驢，快點逃！」抓住這個瞬間，璃把狐火打在麒麟的臉上、瞬間奪去他的視力，然後衝到孔天強身邊把他拉走：「若是讓他完全回復妖力，一切就完蛋了！」

「不對，我需要在這裡阻止他。」

孔天強還沒有意識到對方真正的目的，他甩開璃的手再次撲上去，這次一口氣用掉數張符咒，大型的方術陣出現在腳下──

麒麟就只是輕鬆地伸手，一把就抓住孔天強的臉，方術陣也就此破解。孔天強被麒麟強勁的臂力舉起，雙腳懸空。

「老夫其實不討厭人類，因為人類總是這樣愚蠢得可愛。」麒麟笑著，那張臉笑得變形，嘴角揚到觀骨、眼睛成為開口向下的弦月。

看著孔天強掙扎的模樣，麒麟又加重力道，目的沒有其他，就只是因為有趣。

「大蠢驢！」

看到孔天強的腦袋可能會被捏爆，璃立刻發動攻勢逼麒麟收手，並且靈巧地接住掉下來的孔天強，以公主抱的方式轉身就要逃。但下個瞬間她的肩膀被抓住，發出骨頭碎掉的噁心聲響，璃的手頓時脫力，讓孔天強摔在地上。

「哪裡來的野狐狸！」

「放開她！」孔天強一落地便立刻反身竄到璃和麒麟之間，對著麒麟的手肘使出關節技、反折他的手臂，這才讓璃也脫身。

「快走！」孔天強使出全力推開璃，再次對麒麟發動攻勢，把整隻手扯下來：「我可以！」

「他絕非汝能獨自應付的對手！」

「痛，真痛！人類的身體——」預期外的疼痛讓麒麟向後退，鮮少用這個姿態受到傷害的他明顯有點不知所措，看著噴血的手試著用妖力逼其再生，這也給了孔天強和璃一個空檔。

「用野獸的樣子帶走姐姐。」孔天強回頭，那是璃從來沒有看過的表情——充滿苦澀的微笑。

「我錯的已經夠多了，讓我對一次吧，拜託了。」

璃愣住了。那表情讓她心痛，同時也讓她明白孔天強的決心。

「那邊的兩人，還不走嗎？」璃立刻向後跑開並喊道：「別浪費孔天強的苦心！」

孔天強知道璃說的是孔天龍和孔天虎兄弟，他看向他們，看著他們不知所措的表情，然後嘆了口氣。

在這瞬間，他突然覺得多年的怨懟一點意義都沒有。

「別認為你們走得了！」復原的麒麟腳一蹬地，數十支尖刺立刻從地面冒出，不過閃開這樣的攻擊對孔天強和璃來說還綽綽有餘。麒麟的臉色更加難看，低吼著：「沒有談判的籌碼，為何認為剛剛的條件還算數！」

地面的尖刺只是預備，下一招才是真正的攻擊，透過引爆尖刺將所有人打成蜂窩——麒麟出手的瞬間，地面出現黑色的魔法陣。尖刺瞬間消散，麒麟也像是被按下暫停鍵一樣停下了動作、無法動彈。

是吸血鬼之國。

林家昂。

這是孔天強和璃腦中第一個想到的名字，也是麒麟唯一殺不掉的「援軍」。

但隨之而來的便是困惑。

先前曾說過強大的妖力碰撞會形成妖災，所以林家昂絕對無法和麒麟戰鬥，此刻卻能在遠處用吸血鬼之國控制麒麟的行動。如果能這樣影響麒麟，為何外頭的後援部隊還需要犧牲？

不過不管有什麼疑問，他們知道現在只能先逃再說。但下一秒一隻火紅色的金絲雀憑空出現，兩人停下動作，那熟悉的氣息，讓眾人馬上知道對方是誰。

「鳳凰——」麒麟對著火紅色的鳥咆哮：「妳居然！」

「好久不見了，麒麟。」那隻鳥吐出人類的語言：「沒想到會是在這樣的場合重逢。」

「妳不只背叛了我等的聯盟，居然還協助敵人對付我們！」

「因為你們已經偏離正軌，我和青龍是為了修正這樣的錯誤才這麼做。雖然背叛了你們，但是比起這個，我們更不願背叛我們深愛的世界。」

「有本事就用真身出來面對老夫！」

「你知道如果我們這樣的存在真的打起來會引發怎樣的後果，我們並不會為小孩子氣的意氣用事就毀掉整個臺北。也因為如此，我們派出了寄託著我們期望的人前來應對。」

「那老夫一定會摧毀……」麒麟的話才說到一半，孔天強便一拳將他揍飛。吸血鬼之國在同時消失，麒麟在地上連滾了好幾圈。

孔天強不會天真地認為是危機激發了潛能，他很清楚是吸血鬼之國的影響，他才有機會打飛麒麟。

「這到底是怎麼回事！」孔天強瞪向肩頭上的火紅色金絲雀：「說清楚！」

「這才是真正的作戰。我們早就預計麒麟會出現，所以提前做了準備，一切全在劉家光的控制之中。」鳳凰在他耳邊輕聲說到，接著輕輕地笑了起來：「還有那一拳打得真棒。」

「那為什麼還要犧牲這麼多人！」孔天強的喘息變得沉重，看著孔天妙製造的血海，他的聲音微微打顫：「如果真的有算到的話，根本沒有必要犧牲這麼多人！」

「這是戰爭，既然是戰爭就必定有所犧牲，否則麒麟不會進到圈套之中。」面對孔天強的質問，鳳凰不疾不徐地說：「他們的犧牲可以避免更多人的犧牲，我們不會白白浪費他們的性命。」

孔天強怕了，他沒想到人命在這樣巨大的組織看來就只是道具，只要有必要就可以犧牲。他真心覺得自己的眼界太小，才看不見這個世界的全貌。

孔天強明白鳳凰說得沒錯，這樣的交換十分划算，卻也讓人害怕，因為沒有人願意犧牲自己的所愛來成全他人。

畢竟，人是自私的。

孔天強忍不住思考，此時在這裡的所有人，是不是也該犧牲掉來構築他們完整的計畫？

「期望嗎？」麒麟緩緩起身，臉上掛著扭曲的笑容：「那老夫現在就讓其變成絕望！」

「林家昂會在外面支援你們。」鳳凰看見麒麟已經站起來，立刻說道：「你們要想辦法拖住他！」

「我殺不死他！」

「我們會像白虎討伐戰一樣處理麒麟。」

孔天強知道鳳凰在說什麼。一年多前，在南部羅家古道流的主導下，他們成功封印了身為西妖殲元老的白虎。

「麒麟正在結界的中心點。」

孔天強立刻想到倉月紅音和她所屬的鳳凰組。

「還有，你千萬別被他吸走你的力量。」

「他能吸走我的力量……這到底是什麼意思？」

「你到現在還沒有察覺到真相嗎？想想孔天虎。」

孔天強馬上想起孔天虎在使用麒麟的妖力時呈現的狀態，鳳凰的話讓當時的存疑瞬間轉變成確信。

「你們早就知道了嗎？」

「直到看見孔天虎的狀態才確定。」

「到底為什麼選擇我！」孔天強忍不住對麒麟咆哮：「為什麼！」

一直以來視為禁忌的力量，好不容易到最近才願意接納並使用，他完全沒想到這份力量的本質居然是來自自己的仇人。他感到無比噁心，身體不由自主地打顫，充滿血絲的雙眼瞪著麒麟，千辛萬苦放下的仇恨瞬間又成為熊熊燃燒的怒火。

「當初只是意外，老夫也沒想到被切掉的尾巴居然會變成靈氣，被想找我報仇的小鬼吸收。」

孔天強想起自己的法力本質也是「吸收」，透過吸收敵人的妖力或法力來讓自己變得更加強大。所以麒麟說得沒錯，當時試著殺掉麒麟的他不小心吸收了被切下來的尾巴，一切只是意外。

衝擊力十足的事實讓孔天強反胃，多年努力的成就完全是仇人間接的幫助。他覺得自己很噁心，感覺就像是變成自己的仇人一樣。這個瞬間他感覺到自己渾身上下充滿麒麟的氣息，這樣的情感讓他的妖化外裝開始扭曲並失控，強烈的氣息向外擴散、濃烈的妖氣令人作嘔，一旁的璃本能地向後退了幾步。

「真完美，太完美了，老夫的妖力居然能到這種地步。」麒麟呵呵地笑了起來：「吸收了螞蟻精、百毒蜘蛛精和其他妖怪，已經遠遠強過老夫當年被切掉的尾巴，成為了全新的力量。」

「閉嘴！」

「老夫改變主意了，黑色火焰的影魅，你要不要加入老夫的麒麟會？如果你願意加入，那麼以現在的你來說，肯定能夠成為老夫最強大的副手。」

「做不到！」

「你也見識過這些西方妖怪有多卑鄙了，你也清楚自己現在的處境了，你對他們來說只是棄子，為何不改變主意？」

「做不到！」

「因為老夫殺了你的姐夫？還是因為摧毀了你的姐姐？又或是老夫殺了太多人被你認定為邪惡？」

「閉嘴！」孔天強瞬間衝到麒麟面前，同時外頭的林家昂抓準時機發動吸血鬼之國，讓麒麟再次吃下一記重拳倒地。

狀況不尋常，璃察覺到危險的氣息。

「生命終有消逝之時，不管是怎樣的生物終有一死，老夫只是讓他們回歸最後的終點。」已經習慣拳頭的麒麟這次很快就站了起來，把脖子扭回正常位置後接著說：「而且若不是他們來找死、擅自將老夫視為邪惡，他們根本不會死。所以老夫並沒有做錯什麼，用人類的法律來說，老夫是正當防衛。」

「殺了你！」孔天強瞬間移動到麒麟背後，順勢將他的腦袋扭了三百六十度。

「第三次拒絕老夫了，老夫可沒有這麼多的耐性。」脖子被扭斷的麒麟立刻拉開距離：「你是否真的以為自己無可替代？真是自以為是的小鬼！」

麒麟身旁出現五、六顆黑球，孔天強對那些黑球並不陌生，他曾經用那東西將螞蟻精轟成蜂窩，因此很清楚麒麟砲的破壞力。但就在麒麟準備發射之際，吸血鬼之國再次出現，黑球瞬間失去控制向下掉落、炸在麒麟身上。

自取滅亡——如果事情真有這麼簡單就好了。

「這種雕蟲小技老夫已經膩了！」

爆炸的中心點颳起旋風，巨大的黑影從中現身，麒麟變回原本的樣貌，一隻高約三層樓的巨獸，形貌卻和傳說有一點差距，銅鈴凸眼、四腳為蹄、全身覆鱗但是沒有尾巴。

「老夫誓殺吸血鬼！」麒麟的咆哮撼動大地：「摧毀妖怪會！」

孔天強動彈不得，瞬間想起五年前的狀況，讓他的腦袋一片空白。

「首先將老夫的力量還來吧！」

「汝！」璃看孔天強一動也不動，立刻變回原本的型態，雖然大小略輸麒麟，但加上偷襲的奇效，讓璃順利撞開對方。

「野狐狸，別妨礙老夫，老夫找的不是妳！」麒麟吼著射出麒麟砲，璃敏捷地閃開。麒麟砲打在不遠處的牆上，黑色的球體先是收縮接著爆炸，牆面立刻炸出巨大的洞，威力和孔天強當時使出來的完全是不同次元。

雖然麒麟砲的威力驚人，但心繫孔天強的狐狸精完全不畏懼，她知道以敏捷度來說自己更勝一籌，所以再次撲上去發動攻勢。

看著眼前的妖怪大戰，孔天強知道自己該做些什麼，他卻一步也動不了。

悔恨和恐懼交織，麒麟砲的威力喚醒孔天強本能的恐懼，多年來的惡夢再次在眼前上演，這五年來的準備和建立起來的信心被這一擊徹底粉碎。

這五年來他到底做了什麼？他開始懷疑起過去的努力究竟有沒有意義。

和麒麟戰鬥不到一分鐘，璃就知道自己處在劣勢，而且是完全沒有勝算的那種。逼得璃必須解放所有的尾巴，瞬間擴展為七條，進入最強的戰鬥模式，好不容易才有辦法在力量上和麒麟抗衡。但狐狸精知道這樣的抗衡持續不了多久，只要有一個破綻、讓麒麟使用妖術，那她一定會輸。

「蠢驢快點逃！」

不行。

孔天強的心底出現一道聲音，他知道那是自己企圖反抗一切的聲音。

「咱撐不了多久，帶著妙妙走！」

不行。

「不行啊——」孔天強的火焰瞬間燃燒到最旺盛、妖化外裝重新回歸穩定。

不想再失去，不想再失去好不容易得到的一切。

孔天強知道自己是這世上最幸運的人，此刻，他期望這份幸運可以持續。

他往前發動攻勢，踏著璃跳到天花板上，接著反身使勁一蹬，強勁的力量讓他的速度超越人類，在半空中形成一顆黑色流星，企圖守住一切的拳頭精準命中麒麟的腦門。意料之外的重擊讓麒麟瞬間一陣暈眩、向旁倒下。

抓住機會，璃立刻將狐火打在麒麟身上。麒麟瞬間成為火焰的燃料，但她不敢戀戰，立刻咬住孔天強甩到背上，轉身用最快的速度逃跑。

「汝真是大蠢驢，都叫汝快點逃走了！」璃雖然罵著，聲音卻帶著笑意：「真沒見過像汝這樣蠢的男人。」

「我不會拋下家人。」

「咱知道啦。」璃此刻已經到達孔天妙的面前：「妙妙，忍耐一下。」

雖然盡可能想溫柔地對待傷患，但獸身的她就算再溫柔，對人類來說還是相當粗魯。孔天妙悶哼幾聲，摔在覆滿柔軟金毛的巨大身軀上，接著璃看向孔天龍和孔天虎。

「我不會走！」孔天虎試著掙脫孔天龍的手，一邊叫道：「麒麟大人！」

「回去，一起走！」無視孔天虎的意見，孔天龍硬拖著胖子往璃的方向前進。

璃一到兩兄弟前，立刻咬著兩人甩到身上。孔天虎在滾了幾圈後企圖「跳車」，但馬上被孔天龍壓制。

「放開我！我要留下來！」

「閉嘴！」孔天龍用力一敲孔天虎的後頸，這才讓他安靜下來。「真是不成材的弟弟。」

「所有人抓好咱，咱要開始全力衝刺了！」璃朝其中一個水道口衝刺，就在快到入口時，一道牆突然聳立在面前。因為速度太快，璃來不及反應直接撞上，緊接著一支粗壯的土柱從地面冒出，狠狠撞擊璃的側腹，所有人因此被甩了出去。孔天妙有孔天強的保護所以安然無事，孔天龍和孔天虎則重重摔在地上。

麒麟往他們走去，雖然身上還有殘留的狐火，但對他來說已經不成大礙。

「汝等快逃……」璃翻身站起來，雖然疼痛感讓她覺得身體快散掉了，但還是說道：「咱來拖住他！」

「不不不，老夫不會讓你們任何一個人活著離開，老夫已經說得很清楚了。」

「你的對手在這裡！」孔天強的喊聲引起了麒麟的注意，他用盡全力往前衝，同時使出青黑色的葬送。他清楚這一招無法殺了麒麟，但至少能替他們爭取到足夠的時間逃跑——

麒麟冷笑出聲。雖然孔天強的速度已經超越人類，甚至大部分的妖怪都追不上，但是在麒麟這樣等級的怪物眼中依然很慢，所以抓準時機用前腳一揮，就精確地命中。孔天強整個人被拍飛、撞在牆上，麒麟完全沒有手下留情，即使有妖化外裝的保護，他的肋骨還是斷了幾根。

「孔天強！」璃立刻往麒麟身上撲，但是受傷讓她的動作太過遲鈍，麒麟後腿踢中她的下巴，她便再次倒下。麒麟走到孔天強面前，銅鈴般的眼睛睨著他，看著如同螞蟻般渺小的獵人，冷冷地笑出聲。

「終於逮到你了，對吧？」

「可惡……可惡！」孔天強試著爬起來，疼痛卻阻止了他，現在的他甚至連妖化外裝都無法維持。他的身下出現陣法，正是麒麟的妖術陣。

「居然企圖用老夫的力量打倒老夫，人類總是能讓老夫驚喜，不過到此為止了。除了殺殺小妖怪，你什麼都做不到，居然將老夫相提並論，真是可笑至極！」

大量的黑色氣息從孔天強身上噴發而出，往麒麟身上匯集，彷彿全身的力量都要被抽乾一樣，他感覺越來越使不上力，不到幾秒便什麼都不剩了。

成為了廢人。

「啊……啊啊——」孔天強嘶啞地尖叫出聲，對著麒麟伸出手、想拿回力量，卻只是徒勞無功之舉。這份力量打從一開始就不屬於自己，不知道這一點的他還努力將其壯大，間接成為使麒麟更加強大的幫凶。

尖叫中帶著痛苦、帶著不安、帶著不甘。

他們都會死在這裡，但是在那之前孔天強想要盡全力掙扎，用普通的拳頭揍麒麟也好、用石頭扔麒麟也好，前提是他要能夠站起來。

「感覺真好，老夫已經許久沒有這種暢快的感覺了。」徹底吸收完從孔天強身上奪回的妖力後，麒麟的尾巴重新長出，回復成最強悍的模式。強大的靈壓散發出來，瞬間讓所有人趴在地上無法動彈。

「真棒，真棒，老夫由衷感謝你啊，黑色火焰的影魅！」麒麟的表情就像扯斷昆蟲翅膀的孩童，現在的話語其實沒有任何含意，單純只是好玩，想看更多那個一直毀掉自己計畫的男人那張悲傷和痛苦的臉。

「還給我……」

「真可惜你所有的天賦啊，黑色火焰的影魅，老夫由衷地感到悲哀。」麒麟緩緩說著，接著嘴角高揚：「為了替你哀弔，老夫決定留你一條活路。」

孔天強一愣。

「但是老夫沒有打算放過其他人，老夫會在你的面前殺了他們，再親自把你送回地面。老夫很期待往後的你會有什麼發展。」

「住手——」

「吼！」這聲低吼並非來自麒麟，而是璃。她用最快的速度勉強站起，從麒麟背後撲上去，巨大且長滿利牙的嘴咬住後頸，但麒麟的鱗片太過堅硬，這突襲完全沒有效果。

「區區野獸也膽敢對抗神獸。」麒麟的聲音充滿不屑，輕鬆一抖就把狐璃精甩下。巨大的尖刺從地面冒出，直接將璃貫穿。為了讓她流更多的血，麒麟讓尖錐消失，狐狸精的龐大身軀重摔在地，大量鮮血從巨大的空洞流出。

雖然她的傷口依舊努力地復原，但前面受到太多傷害、使用太多妖力，復原的速度十分緩慢。

眼前的血海和空氣中的鐵鏽味，讓孔天強想起五年前的那片腥紅。

「啊——」他用盡最後的力氣從地上爬起，用盡最後的法力對麒麟扔出身上最後的符咒。符咒化為熊熊火球，但足以燒滅大部分妖怪的火焰打在對方身上，卻像火星般瞬間消失，完全無法阻止麒麟的前進。

孔天強用十分狼狽的姿態，半跑半摔地到達孔天妙和孔天龍身旁，站在前方張開雙手。雖然雙腳不聽使喚地打顫，但他依然站著，想守住身後珍貴的人們。

「帶著姐姐和狐璃精快走，孔天龍！」

「天、天強……」一臉是血的孔天龍其實已經看不太清楚，但此刻他感覺眼前的背影無比巨大。

「快走！」

「『不懂放棄』這一點就是人類最讓人煩心和噁心的地方。」麒麟站住腳，看著孔天強緩聲說道：「這樣的戲碼看久了也會膩，老夫原本想放你一條生路，但是算了，老夫先殺了你好了。」

麒麟的尾巴從身後探出刺向孔天強，就即將刺穿之際，兩道身影出現在孔天強面前、替他擋住了尾巴。

鮮血順著尾巴滴到孔天強的腳前。愣了幾秒，他才看清面前的兩人是誰。

用盡全力也想保護自己弟弟的孔天妙。

不想欠太多人情所以挺身而出的孔天龍。

如同五年前，兩個人再次為了守護孔天強而被麒麟的尾巴刺穿。眼前的畫面讓他雙腿一軟，直接跪地。

兩人的鮮血就這麼滴到孔天強的臉上。

FOX SPIRIT

>>> Chapter.12_人終有一死

眼前是熟悉的畫面，孔天強知道自己不是第一次看見這樣的畫面。

因為強烈的打擊而一片空白的腦袋試著運作，回想著到底是在哪裡看過。

記憶搜尋著，很快他就想起幾個月前那隻惹人厭的狐狸精也做過同樣的事情，螞蟻精射出的長槍貫穿了狐狸精嬌小的身軀。不過雖然很相似，但孔天強知道並不是眼前的這一幕。

記憶再次搜尋，然後終於找到五年前的記憶。

那時候實力不足的他被指派為外援組，但因為太過擔心，他違抗命令衝到作戰的中心點想幫忙，沒有想到對手居然強悍的連孔天妙都難以應付。

那個對手是誰？

孔天強問著自己，很快記憶就告訴他答案，是神獸麒麟。

不自量力的孔天強想出手幫忙，反而成為累贅，就在麒麟嫌他煩、打算給他致命一擊的時候——

對了，那時候也是尾巴。

麒麟用尾巴刺向孔天強，他則害怕地動彈不得。就在以為自己必死無疑之際，兩道身影衝出來替他擋下那一擊。

姐姐和她的未婚夫。

應該是三個人才對，只是其中一個還沒有正式誕生於這世上。

那兩道巨大的身影正好和此刻完美重疊，孔天強的淚水不受控制地奪眶而出，混著臉上的鮮血落到地面。

五年了，自己還是跟當年一樣什麼都做不到。

「啊……啊啊——！」意識到這一點的孔天強忍不住放聲嘶吼。

「吼！」璃也看到這一幕，但是和孔天強不同，她沒有因為悲傷而無法行動，巨大的狐狸流著淚、張嘴撲向麒麟，就算拚上自己的性命也必須守住孔天強。

這是剛剛孔天妙在她耳邊說的悄悄話，她也做了保證。

璃撲到麒麟身上，近距離對著尾巴砸下兩發狐火，讓麒麟好不容易復原的尾巴再次斷開，就和當年一樣。只是當年切斷尾巴的是孔天強，也就是在那時不小心吸收了麒麟的尾巴。

尾巴一斷，被刺穿的兩人像斷線木偶般倒在地上，一動也不動。

跪在兩人的屍體旁，孔天強看著他們。

「汝還不快點逃！」璃喊著又朝麒麟身上撲去：「別讓他們白白犧牲！」

雖然麒麟有著絕對的自信能夠打贏狐狸精，但因為距離太近，他的攻擊手段都會傷到自己，這也是璃的目的。逼不得已，麒麟只能向後拉開距離，璃趁著這瞬間用狐火製造火牆攔住對方，並且變回人形。

不過就在下一秒，麒麟砲貫穿火牆打在孔天強身後的牆上。璃加強狐火的強度，擊落那些可能砸到孔天強的石塊，然後抱住他的臉、二話不說就是一吻。

孔天強完全搞不清楚到底怎麼回事，只知道璃的舌頭趁隙溜進嘴裡，緊接著一股熱流順著狐狸的嘴滑進他體內，這才意識到璃正在灌妖力給他。孔天強立刻推開璃，驚愕地看著一臉通紅的狐狸精，他的反應讓璃嬌笑起來。

「咱看過很多參考資料，這不是咱所理想的『吻』。不過也沒辦法，畢竟現在不做就再也沒機會了。」璃站起身，用著苦澀的笑容面對孔天強：「汝快點用咱的妖力逃走吧。」

孔天強的五官皺在一起，他的心感到無比的疼痛。

這不是他要的結局。

狐火構成的牆開始潰散，透過間隙，能看到麒麟正準備發射下一擊麒麟砲。

「咱會擋下這一擊，汝就趁隙逃走。」璃轉身背對孔天強，這並不是為了觀察敵人，而是不想讓他看見自己落淚的模樣。「咱是真心喜歡汝的，也是真心想要和汝生一窩小狐狸。真可惜啊……對了，咱好像一直沒說，咱，愛著汝。」

不知道是什麼時候愛上這個臭臉的人類，但她很清楚是這個人類教她愛為何物，百年的「狐生」此刻已經沒有什麼遺憾。

雖然做為野獸她心有不滿。

雖然做為女人她心有不甘。

不過能在最後掩護自己最愛的男人離開，這樣就夠了。雖然希望能聽見男人的回應，但她知道這是最奢侈的願望。

「不行……」孔天強顫抖著聲音喊著：「不行啊……」

璃不理會孔天強的叫喊，拔腿往前衝，變回獸形一躍而起。麒麟砲正中她的腹部，巨大的身軀被貫穿後重摔在地。在完全失去意識前，她想盡辦法變回人形——

雖然過去自稱為野獸，但是現在的她，卻不想以野獸的身分死去。

「真沒想到活到最後的居然還是你。」麒麟走到孔天強面前：「真是諷刺啊，想守護的對象最終都為你而死。」

「哈哈、哈哈……」一直躲在旁邊的孔天虎這時大笑著走向孔天強：「居然又跟五年前一樣，犧牲別人來讓自己活下來……麒麟大人，讓我殺了他！」

麒麟斜眼看一眼，完全沒有想到這枚沒啥作用且至今依然不記得名字的棋子居然還在。他確信此人一定沒有聽清楚他剛剛說的話，那句「會殺了在場所有人」並沒有例外。

他突然有點好奇孔天虎被殺的時候會露出怎樣的表情。

孔天虎站到跪著的孔天強面前，高高在上地睨視。孔天強只是流著淚，沒有任何動作。

孔天虎的笑容而扭曲，他卻不斷提醒著自己的獲勝、企圖忘記自己的悲傷。

那個唯一會溫柔對待他的姐姐死了。雖然笑著，孔天虎卻流著眼淚。

「大蠢驢啊……」璃的氣息未絕，她已經什麼都看不見、瞳孔逐漸擴散，不過還是不斷低喃：「活下去……用咱的妖力逃走……」

雖然知道自己不該浪費所有人為他做的一切，但孔天強不想就這麼離開。這並不是為了自殺，而是單純不知道自己該怎麼做。

或許死是一條路，但是他一死，就沒有人可以替這些摯愛造墓了。

外頭除了林家昂和鳳凰組就沒有其他支援，所以自然沒有人可以回收這些屍體。他不想和五年前一樣，對著只埋葬了衣物的墳墓哭泣。

不知道為什麼，五年前在這裡戰死的獵人和妖怪都沒有留下屍體。正確來說，屍體是被人偷走了。

所以孔天強知道自己必須想辦法留下來、帶走他們。

不對，我到底在想什麼……

他突然意識到自己的想法就等同承認他們的死亡，他明明不想，空氣中瀰漫的氣味和眼前的景象卻讓他不得不承認。

逃走也來不及了，加上想要回收屍體，他知道自己僅有一個選擇。

「去死吧！」孔天虎燃著火焰的拳頭對準孔天強的臉，但就在這瞬間，林家昂再次發動吸血鬼之國。

「為什麼現在才發動……」孔天強低聲問道，對象是再次出現的火紅色金絲雀：「早點發動不就好了嗎？」

就不會死那麼多人了。

「如果控制不當會引起妖災，麒麟在使用妖術的時候沒辦法發動，狐狸精用真正的型態和麒麟戰鬥的時候也無法發動，我們必須排除風險。」

孔天強知道，在妖怪會眼中他們只是必要時可拋棄的棄子。這不代表妖怪會的做法有錯，因為他們顧慮的是地面上臺北市內的所有人類。

過去的他或許會在解決麒麟後跑去找妖怪會報仇，現在卻不這麼想了。沒什麼好恨的。

「又是這樣的小把戲。」麒麟冷哼一聲摧動妖力，完全恢復力量的他已經可以對抗吸血鬼之國，他的妖力促使林家昂的魔法陣扭曲——

就在這瞬間，孔天強看見了希望。他想起劉家光說過，他的火焰的其中一項本質就是「吸收」，也是因此他才會在不自覺間吸收了麒麟的尾巴，並替他培養妖力五年。現在也此，讓孔天強看見了希望。

「只要再撐一下下就好了。」紅色的金絲雀低喃後高飛而去。

孔天強的雙拳突然燃起紅色的火焰，這顏色讓他意識到，這是來自狐狸精的溫暖與愛。他的拳頭握得更緊，接著揮拳，卻不是揮向眼前的孔天虎，而是地面。

打在吸血鬼之國上。

吸血鬼之國的魔力還沒有完全潰散，這一擊集中了魔力並吸收至他體內。因為魔力太過強大，倉月紅音的封印陣冒出強烈的白光。

「這是怎麼回事！」眼前的異像讓孔天虎叫了出來，接連退了好幾步。

孔天強緩緩站起身，身上的傷因為吸收了吸血鬼的魔力而迅速復原，強大的力量更讓孔天強再次進入妖化外裝的模式。

但是這次的妖化外裝卻和先前的截然不同。

孔天強的左眼瞳孔變成一片血紅，四肢出現黑色的甲冑，雙拳的火焰紅中帶黑，尾椎處則生出九條由火焰構成的尾巴，狐狸精的妖力和吸血鬼的魔力組合和先前截然不同的新力量。在燃燒的火焰之中，孔天強感覺到璃的存在，那份感覺越強烈，他的火焰就燃燒得更加旺盛。

「這到底是怎麼回事……」孔天虎一臉驚恐地看向麒麟：「麒麟大人！」

「有意思，來自你們的『期望』嗎？」麒麟呵呵地笑了起來：「那就代表老夫摧毀他的話，你們就沒有任何『期望』了，對吧？」

麒麟立刻射出麒麟砲，黑色的砲彈迅速的逼近孔天強——

孔天強不能閃開，為的是他身後那些他深愛的人們，只要他一閃，那麼不管是誰都會屍骨無存，他唯一的選擇就是接下這一擊，接下這原本令他害怕的一擊。

此刻的他很鎮定，原本的恐懼不復存在，因為胸口的溫暖讓他知道自己並非孤軍奮戰。

孔天強讓火焰燃燒到最旺盛，抓準時機一拳打在飛來的黑色砲彈上。麒麟砲沒有如同麒麟預期的摧毀敵人，反而開始扭曲並且迅速崩壞，最後化為純粹的靈力被孔天強吸收。

「居然、居然！」孔天虎愣了愣，但是立刻繞到孔天強身後企圖偷襲：「去死！」

孔天強完全不以為意，只是回頭瞪了一眼，強大的壓迫感讓孔天虎如同被蛇盯住的青蛙，瞬間動彈不得。

孔天強的腳下出現一個巨大的方術陣，規模足以涵蓋麒麟所在的地面。在沒有符咒的輔助下出現如此廣大的方術陣，能證明孔天強此刻的法力十分龐大。但就算再龐大，也敵不過來自神獸的暴力。麒麟稍微使用妖力，立刻摧毀了方術陣。

「區區的人類，居然想和老夫抗衡？」

「孔家流……」孔天強衝上前一躍而起，麒麟的壓迫感再也無法影響他揮拳，眼前的景象讓麒麟覺得有趣而笑出聲來。

「居然想用拳頭來摧毀老夫？」

就在他想使用破解「青黑色的葬送」的方法時，吸血鬼之國再次發動，這短暫的停頓讓麒麟瞬間變得毫無防備。

雖然沒有人教導孔天強，他卻知道自己該怎樣做，宛若本能。

孔天強揮出拳頭的同時，無數狐火出現在身後一同打向麒麟，強大的火力加上妖力碰撞，造成巨大爆炸，威力完全不輸麒麟砲。麒麟向後一退，乘著爆炸的懸風飛得更高的孔天強，將身邊的零星火焰匯集成巨大的火焰狐狸撲向麒麟。在麒麟反抗火焰狐狸之際，孔天強踏上天花板、一蹬腿，化作火紅的隕石衝到麒麟眼前給予猛擊，力道足以讓麒麟暈眩，火焰狐狸進一步造成更多傷害。

不過麒麟很快就回復意識展開反擊，無數的土椎從地面和天花板冒出。為了避免屍體受到更多傷害，孔天強只能停下攻勢，想辦法守住那些他摯愛的人。

現在的孔天強很專注，除了「守護」這件事情之外沒有任何雜念。

兩者看起來雖然打得難分軒輊，但雙方都知道最終一定是力量強大得屬於截然不同次元的那方獲勝——也就是麒麟。

雖然清楚自己一定能殺掉眼前的小鬼，麒麟卻感到不安。他害怕的不是孔天強得到的新力量，也並非劉家光可能策畫的計謀，而是「人類的可能性」。

這份恐懼讓麒麟決定立刻結束戰鬥。他突然拉開距離，腳下出現巨大的妖術陣，同時間地面開始地震。

「麒麟大人！」突然的地震讓孔天虎恐懼地大叫，麒麟卻只是瞪了他一眼，這讓他的表情變得十分難看。他瞬間意識到自己存在此處的意義為何。

孔天強揮拳打向妖術陣企圖吸收，那股妖力卻太過龐大，完全無法轉化為自己的力量，這讓麒麟大笑起來。

「別以為老夫的妖術和那些小妖怪一樣！」麒麟其實不太想這麼做，這一招強大得足以摧毀臺北市、甚至導致地殼變形。為了盡快結束戰鬥，只能出此下策。

「青黑色的葬送！」雖然不知道麒麟到底想做什麼，但龐大的妖力讓孔天強感覺不妙，立刻使出絕招、化身火紅的狐狸撞飛麒麟。然而，妖術陣並未因此消失。

「就說別把老夫當成小妖怪！」麒麟怒吼著甩出麒麟砲，距離實在太近，孔天強完全無法化解。他被麒麟砲打飛後重摔在地，妖化外裝的甲冑甚至粉碎，但也因為甲冑的守護才能夠活下來。

孔天強試著爬起來，他知道如果不阻止麒麟，肯定會有大事發生，疼痛卻讓他無法站穩腳步——

「這是老夫的勝利，你們就一起……」

就在這瞬間，土黃的妖術陣轉為火紅，妖力的性質也變得截然不同。

麒麟察覺到鳳凰的力量，意識到自己輕敵了。他轉身想逃走，火紅的術陣卻冒出數條鎖鏈，不管他怎樣掙扎或是用妖術對抗都無法掙脫。

「就算你想用妖力強行破壞也沒用，這封印陣的一條鎖鏈就代表一名術者，就算你再強大，也無法遠距離與六名術者對抗。也因為距離遙遠，所以不用害怕強大的力量碰撞引發妖災。」

「別以為這樣就能了結老夫！」麒麟掙扎著、咆哮著，天花板出現另一個巨大的土黃色妖術陣，麒麟立刻嘶吼：「就算被封印，老夫也會拖人陪葬！」

「不會讓你得逞。」孔天強立刻衝上去，身上的火焰因鳳凰的火焰加持燃燒得更加旺盛。他一躍而起，對著麒麟的腦門就是一拳，足以讓其陷入暈眩，並且讓還未定型的妖術陣崩解。緊接著孔天強召喚出火紅色的狐狸將麒麟壓制在地上，避免他再有任何非分之想。

「老夫、老夫──」麒麟很快便從暈眩中恢復，再度試著掙扎。

「安靜吧。」孔天強又重重一拳揍在麒麟的下巴，麒麟銅鈴般的大眼微微凸出，連續的重擊讓他失去掙扎的力氣，加上火焰狐狸的壓制，他現在只能乖乖地趴在地上被鎖鏈拖往封印陣的中央。

「要老夫死比讓整個地表消失還要困難許多啊……」麒麟的笑聲充滿嘲諷，凸出的雙眼瞪著孔天強：「你以為老夫輸給了你嗎？錯了，老夫是輸給了陰險的手段。別以為這樣就結束了，只要有機會，老夫一定會回來！拖了許多人陪葬，老夫也覺得足夠了……和他們不同的是，老夫有機會再次回來，但他們沒有！」說到這裡，麒麟放聲大笑，雖然被抓住卻笑得像個勝利者。

「你為什麼要殺這麼多人……」緊握著雙拳、孔天強的聲音打顫，雖然知道麒麟最終被封印了，但他很清楚自己並沒有贏，反而還失去許多。

「那你為何殺害妖怪？」

「那是因為……」說到這裡，孔天強打住。

汝啊……咱的血也是紅的呢……

他突然想起璃說過的話。他知道自己過去的殺戮除了仇恨之外沒有其他理由，所以他答不出來。

「我等的殺戮和你不同啊，老夫是為了替我族流過的鮮血復仇！我等所背負的歷史與你不同啊！」

「這不是人類的錯。」孔天強知道麒麟說的歷史是指當年八國聯軍侵華事件，大量的西方妖怪趁機入侵，並展開大規模的殺戮。那時候有許多東方妖怪犧牲，也就是在那之後，青龍、鳳凰、白虎和玄武四大聖獸成立了「西方妖怪殲滅聯合」，目的就是為了向西方妖怪復仇。

「人類卻阻礙了我等的道路！為了達成目的必須有所犧牲，我等的做法跟妖怪會完全一樣，黑色火焰的影魅。」

這樣的反駁讓孔天強啞口無言。

麒麟被拖到正中央後，火紅的術陣開始收縮，同時麒麟開始下沉。

「鳳凰，別以為封印了老夫就代表你們的勝利，我等對西方妖怪的復仇之心不會改變。就算老夫被活捉，玄武的計畫也還在……」麒麟的話還沒說完，就沒入鳳凰組的封印陣中。在吞噬麒麟之後，火紅的封印陣立刻消失。

「麒、麒麟大人！」看見麒麟消失，孔天虎忍不住尖叫。唯一的勝算消失，而在場的則是能和麒麟對打的怪物，他慘白著臉看向孔天強。所幸孔天強對他不感興趣，察覺到這一點的孔天虎立刻夾著尾巴逃走。

「你會需要時間靜一靜，我們晚點再來。」火紅的金絲雀說完，化作火星消失了。

孔天強解除妖化外裝，轉身看向三具屍體，一時間不知道該做出怎樣的反應。

「啪、啪、啪！」然而不到幾秒，拍手聲立刻打斷這短暫的寧靜——

李星羅緩緩從黑暗中走出。「真是讓我看了一場好戲啊，小兄弟。」

一如往常，李星羅掛著皮笑肉不笑的表情，孔天強突然想到璃曾經說過討厭那張笑臉，這樣的往事讓他苦笑，同時淚水再也忍不住地流出眼眶。

「真是難得，居然會看見黑色火焰的影魅哭泣，看來天要下紅雨囉！」

孔天強連瞪李星羅都懶，拖著腳走到璃的身邊，溫柔地抱起尚有餘溫的屍體，放到孔天妙的身旁。他努力思考著到底該怎麼做才好，然而腦袋卻一片空白。

我到底做了什麼？

孔天強很清楚今天會變成這樣都是因為他，如果懂得放下仇恨，或許事情就不會變成這樣。但是，這終究只是「或許」，就只是無法證實的假設。

「小兄弟啊，你對我這麼冷淡真是讓我難過啊！」

「滾！」

「真是過分，虧我還帶了你可能會需要的東西來呢。」

「滾！」孔天強再次怒吼，但李星羅只是笑著。

「嘖嘖，這麼凶，讓我都想哭了呢。」李星羅說著，把帶來的東西扔到孔天強身邊，然後轉身便要離開：「那我就先走了，你到時候可別求我回來啊，小兄弟。」

強化玻璃製成的瓶子滾到孔天強面前，他馬上認出那是什麼——

復甦的妙藥，在黑皮蚯蚓精的寶庫中搜到的復活藥。

這瞬間，孔天強看見了希望。

只要有這個東西，所有人都可以復活。

「噢，對了，讓我好心提醒一下，這東西的使用期限只有死亡後十分鐘，所以你其實沒有太多時間猶豫了喔？這瓶的份量讓三個人使用綽綽有餘呢，真是幸運啊，小兄弟。」

李星羅轉頭笑著說，他知道這幕戲即將來到最高潮，他不想錯過孔天強臉上的表情。

孔天強立刻打開瓶蓋，先灌了最近的狐狸精一口後，換灌腳邊的孔天龍，最後來到孔天妙身前——

「這樣真的好嗎？」

雖然聽見了李星羅的聲音，卻沒有看見人影，孔天強知道這是因為他叫李星羅滾的關係，所以對方才換種方式繼續糾纏。

「什麼意思？」

「復甦的妙藥只能夠讓死去的生命回到死亡前的狀態，並不是能夠讓生命『重新開始』。這代表孔天妙復活後，身體依然殘破不堪，等同你讓她重新回到痛苦之中啊，小兄弟，這樣真的好嗎？」

「哪裡、哪裡不好！」孔天強大聲反駁，扶起孔天妙後立刻就要灌藥。

暗處的李星羅笑著，笑著孔天強的自私、笑著人類的放不下，雖然孔天強可以從失去姐姐的悲傷中解脫，孔天妙卻會被痛苦囚禁一輩子。

李星羅嘲笑孔天強，他知道這也是在嘲笑自己。他和孔天強是同類人，為了不想失去妹妹，至今還保存著妹妹的屍體並尋找著讓其復活的方法。

然而，孔天強接下來的舉動卻讓李星羅愣住了。

孔天強停下動作。

想到孔天妙方才痛苦的神情，他知道自己不能那麼自私，將她硬是留在身邊。

彷彿聽見了姐姐喊他的聲音，溫柔的、喜悅的、憤怒的、悲傷的，各種情緒的「孔天強」似乎在耳邊迴盪。想著過去的種種，孔天強知道她已經辛苦太久、為了他奮鬥太久——

是時候讓孔天妙休息了。

做了決定的孔天強抱住孔天妙的屍體，淚水不受控制地流出，最後變成嚎啕大哭。已經好幾年沒有這樣痛哭了，湧上來的情緒讓他無比痛苦。雖然不捨，但這對孔天妙來說是最好的選擇。

「對不起……對不起……」孔天強在孔天妙的耳邊低喃，這個角度剛好能夠看見她腹部的傷口。他知道這是姐姐最後的愛，現在輪到孔天強來愛她了，讓她從痛苦中解脫。

「你大概還有幾秒鐘的時間反悔啊，小兄弟。」李星羅慌了手腳，孔天強的行為就像在否定他幾百年來的所作所為，所以他開口提醒孔天強時限，來證明自己並沒有錯、所有人都會這樣做，即使知道這樣會讓自己深愛的人活在痛苦之中。

孔天強緩緩放下孔天妙的屍體，就在李星羅以為他要反悔之際，孔天強放下了手中的藥並且向後退了點距離，然後向孔天妙磕頭，力道大到額頭見了血。

「蠢驢……？」迷茫中，狐狸精聽見了孔天強的哭聲，接著她看見一道光。孔天強的聲音就是從那道光中傳來，她立刻往那道光的方向奔去，然後感受到自己的呼吸、全身的痠痛。不愉快的感覺和孔天強難聽的哭聲，讓她想繼續躺著都沒辦法。狐狸精從地面彈起、大口喘息，接著看向被麒麟砲打穿的腹部，原本應該是個血洞的地方此刻一片平坦。還來不及細想，璃抬頭尋找孔天強，發現了妖怪商人保管的祕藥，又看著他向孔天妙的屍體嗑頭痛哭，馬上猜出是怎麼回事。

「這樣啊……真是辛苦了，天強。」她吃力地起身，半跌半走到他身旁，也跪了下來向孔天妙磕頭。

如同母親般的溫柔、如同父親般的嚴厲、能夠包容萬物的肚量、足以摧毀世界的戰鬥力，這些是璃對孔天妙的印象。她知道自己可能不會再碰到這樣的人類，同時也知道自己必須成為像她這樣的人類。

璃感謝孔天妙幫自己上了重要的一課，一堂想要以人類的身分活在當今社會中最重要的一課。

孔天龍也復甦了，看著旁邊的一人一狐和孔天妙的屍體，有點搞不清楚怎麼回事，他現在的記憶還很混亂。花了幾分鐘才整理好思緒和理解情況，雖然依舊鐵著一張臉，他卻落下了淚。

第三次麒麟討伐戰結束。

戰果：封印麒麟、掃蕩五十七隻極危險古老妖怪。

傷亡：一百三十一名作戰人員死亡，僅有十一人存活。

第三次麒麟討伐戰後六個月——

「準備攻堅，各隊回報狀況。」無線電另一頭傳來總指揮的聲音，各分隊陸續回報，確認作戰準備。

「特別組準備完畢。」孔天強用低沉的聲音回應。

雖然半年過去了，然而直到現在，孔天強的傷痛還是沒有完全撫平。

在那之後，他們為孔天妙舉辦了葬禮，她也是討伐戰中唯一留有屍體的「作戰人員」，其他人都已經被孔天妙當場銷毀或是跟五年前一樣不翼而飛。不過追查這一點已經不是孔天強的任務，而是交由機構調查。

孔天妙的叛變至今仍是最高機密，無論是妖怪會還是機構的官方紀錄都將其寫成「臥底」，真相只有當時在場的人知道而已。

雖然孔天妙是以英雄的身分死去，前來參與葬禮的卻僅有六人，孔天強、璃、劉家光、孔天龍、鳳凰和尤羅比斯。葬禮沒有任何吵雜，孔天妙就這樣安安靜靜地走了，成為冰冷的灰，接著被灑進她和未婚夫定情的海邊。

孔天強知道她最喜歡太平洋那片一望無際的蔚藍，不過在受傷之後她就再也沒去過海邊，孔天強也一直沒有想到要帶她去，只專注在復仇之上。在灑骨灰時雖然感到後悔，但已經來不及了，至少能讓她在最愛的海洋中得到自由。

葬禮之後孔天強在家裡頹廢了三個月，頹廢到狐狸精完全看不下去，想盡辦法把他拖出家門帶到妖怪會。就這樣，孔天強在劉家光的安排下加入妖怪會的作戰部隊，並成為特別行動組的成員。

一開始雖然很沒有動力，但是在幾次的作戰後，他看見許多因為邪妖而家破人亡的孩子，想到自己的處境，所以漸漸有了行動的動力。現在的他並不是為了仇恨而戰鬥，而是為了避免更多悲劇發生而揮出拳頭。

在找到目標後，他的第一步行動就是掃蕩麒麟會的餘黨。

雖然麒麟被封印，但是西妖殲的行動並沒有因此停止，各地依舊有零星的半妖暴走事件，主導者便是麒麟會殘餘的幹部。妖怪會和機構聯手針對麒麟會的殘黨進行掃蕩作戰，孔天強便是成員之一。

這半年來，不只孔天強有所改變，他認識的那些人也多多少少有了變化。

孔天龍表面上還是繼續和孔天強對立，不過那是為了騙過孔家那些食古不化的老人，私底下總是會有意無意找各種理由到孔天強的家裡關心他。雖然關心的方法讓孔天強很不爽，但兩人之間的兄弟情感確實正在逐漸好轉。

而孔天強的另一個兄弟則是成了通緝犯。

孔天虎在當時知道自己是棄子時感到絕望，但是麒麟被封印這件事情卻成為孔天虎的轉機。因為沒有其他證人可以證明麒麟到底說了什麼、做了什麼、計畫什麼，所以做為麒麟身旁最後的「戰友」，孔天虎編了一套完整的故事來讓麒麟會的殘黨相信自己受到麒麟託付，被推舉為麒麟會的暫時首領，掌握了各項權利。

至於劉家光，則是常常來找孔天強抱怨。

嚴格來說，劉家光已經和孔天強沒有任何關係，但他還是常常以大伯的身分來騷擾孔天強。如果他來的時候碰到孔天龍，那真的不是只有熱鬧可以形容。

這些煩人的人讓孔天強知道他不是只有孔天妙而已。不過說到煩人，他覺得最煩的應該還是狐狸精。

因為孔天強頹廢了三個月，這三個月來除了料理技術之外，璃其他的家事技能都大有長進。洗衣打掃現在都難不倒她，甚至還附暖床、暖被、暖衣服的詭異功能，最近甚至還以賢妻自居。

不過她做的飯菜至今還是很難吃，難吃到孔天強回想起來就想吐。但是他很清楚，正因為有璃，他才能走出那份悲傷，他也才可以站在這裡。

麒麟討伐戰後，孔天強的火焰變成帶著些許黑的火紅，甚至還能使用一些狐狸精的妖術。妖化外裝的的型態也有滿滿的狐狸影子，兩人的力量讓他變得更加強大。

不過這份強大不單單只有法力而已，就連心靈的部分也變得比過去成熟。

人類在遭遇失去和重大挫折之後，若能爬起來，總是能夠有超乎想像的成長，孔天強就是一個最好的例子。他明白傷痛會被時間撫平，但是他絕對不會忘記，不會忘記這些讓他成長的人、事、物，並且背負著這些一直走下去。

「特別組，開始行動。」總指揮透過無線電傳來指令，孔天強往目標移動。

雖然是用特別組來稱呼，但是整個組其實也只有孔天強一人。更正確地說，整個特別第七組的成員有兩個，另一個是今天沒出現的狐狸精。

璃原本想來，卻被孔天強拒絕。今天的敵人並不強，他認為沒有必要讓狐狸精也跟著行動。

特別組的任務是繞開主戰場、直搗黃龍，做為黑色火焰的影魅，這正是他擅長的領域。和攻擊螞蟻精那時候不同，因為有其他隊伍聲東擊西，孔天強輕鬆地到達頭目的房間。他粗魯地踹開門，原本以為勝券在握而翹著腿喝紅酒的土蜂精后大力地摔在地上。

「你、你為什麼會在這裡！」土蜂精后立刻站起來：「你到底是誰！」

「妖怪會特別作戰第七組，黑色火焰的影魅。」

「黑色火焰的影魅，就是你讓麒麟大人……唔！」土蜂精后原本還想說些帥氣的話然後偷襲，但是立刻打住，瞪大眼看著一瞬間到達她面前的獵人。

「投降還是死？」孔天強低聲問道。

和過去不同，如果是以前，土蜂精后不會有選擇的餘地，會直接被孔天強消滅。但他的看法已經改變了，所以他願意讓敵人選擇。

無論是妖怪還是人類，都是生命。

「呀啊———」土蜂精后尖叫著發動攻擊，她的行為給出了明確的答案，所以孔天強也做出決定。

土蜂精后的攻擊落空，並不是因為打不準，而是因為孔天強消失了。等她再次看見孔天強，已經是腦袋和身體分家的時候。

「特別組，作戰結束。」孔天強立刻向總指揮回報，並開始往外走。

「了解，現在開始進行全力掃蕩和心戰喊話。」

「我先回去了。」

「咦？你不協助掃蕩嗎？」

「你們做不到？」

孔天強的反問讓總指揮沉默了一下。

「我們做得到，只是你來協助的話可以更快更安全。」

「我要回家吃飯，協助掃盪會太晚。」

「什麼意思？回家吃飯？」

「不回去吃飯會被囉嗦。」

「什麼東西！不管怎麼想，這裡的事情都比吃飯重要吧！」

「我被賦予的任務已經完成。」

「媽的，妻管嚴！」

「閉嘴！」被戳中痛處的孔天強關掉無線電，同時也走到了停機車的地方。雖然總指揮馬上追來並用各種威脅要他留下，但他完全不理會，騎上愛車就往家的方向奔馳而去。

「喔，沒想到汝會準時回來。」看見孔天強後璃看了眼時間，甩著尾巴笑嘻嘻地說道。

孔天強看了她一眼，轉身回到房間卸裝。

「咱已經做好晚餐了，汝快來吃吧？」璃從房門外探頭，一臉得意地說：「這次可是咱做過最好的作品！」

雖然璃看起來很有自信，孔天強卻一臉懷疑。走出房間、到達餐廳後，馬上看見了璃的自信之作：一碗黏呼呼、還有許多地方呈現黑色的詭異物品。

「這是什麼？」

「麵啊！」

「廚餘！」

「汝這是什麼意思！」璃聽到評價，瞬間氣鼓了臉頰：「居然說咱做的麵是廚餘！」

「就是廚餘。」

「汝要這麼說，汝先嘗一口不就知道了？咱覺得還不錯吃！」

「別浪費糧食！」孔天強把東西倒進廚餘桶。

「汝不是才說別浪費糧食嗎！」

「我的意思是別浪費食材做一碗廚餘。」

「嘖，虧咱好心做了晚餐。」璃雙手抱胸，一臉不開心：「反正咱就是不會做菜啊，汝又不願意教咱！」

孔天強盯著狐狸精，快速地思考後，捲起袖子、拿起鍋子，準備動手做飯。而一如往常，狐狸精先是在一旁探頭，接著鑽到他的懷中、讓他拉著自己的手做菜。

青醬蛤蜊義大利麵，他做出來的成品媲美飯店主廚，在裝完兩人份後，他又多裝了一份放到孔天妙的遺照前。

看著那張笑得燦爛的照片，孔天強覺得她如果看到現在家裡的狀況，也肯定會露出這個笑容。

「我回來了，姐姐。」孔天強露出一抹微笑。

「蠢驢，快點來吃，要不然麵就要涼了！」璃的叫喊讓孔天強轉身走回餐廳。

真是太好了呢，天強。

突然的聲音讓孔天強回頭，但身後並沒有其他人，只有落地窗外的臺北市夜景。

今夜的臺北，一如往常和平。

——《狐狸娘04》完

——《狐狸娘》全系列完

FOX SPIRIT

>>> 後記

大家好，這裡是再過幾年就要三十歲的哈皮，很感謝大家願意購買狐狸娘的最後一集，如果一樣能給各位帶來樂趣的話，真的就太好了。

之所以會說再過幾年就要三十歲，這是因為過了二十五歲、成為社畜後就會覺得每天時間過得很快，這種說法才會真的有種「時間過得很快」的感覺啊……明明才二十六歲多，但是卻有種正迅速往七十歲邁進的錯覺。

講到年紀，話說今年算一算是我出道第八年了，這八年來真的感謝各位讀者的支持才有辦法撐這麼久，雖然現在還沒有混出個名聲，但是正努力地想混出名聲來，所以還請再陪我繼續走下去吧！

然後在這裡跟各位報告，在狐狸娘完稿的同時，新作品也已經繼續了，只是這一次的新作並沒有可愛的妹子，取而代之的是滿滿的帥哥，如果想看妹子的話可能要等下下部作品，沒有造福到男性讀者真的很抱歉。不過如果想看妹子的話，可以從網路連載的部分開始下手喔，因為那單純就只是我個人慾望的集合體，所以福利滿載，嘿嘿。

提到網路連載，又要再提到部落格了，在上一集的後記中提到許多關於部落格的規劃，雖然不敢說「一切順利進行」，但是目前有確實在推動，並且努力讓內容變得更加充實和有趣，如果可以的話歡迎各位蒞臨指教。

話說在上一集的最後有提到過「發生了一點事情，所以體認到編輯的重要」，那件事情到現在對方還是三不五時的纏著我，要我給個交代甚至指責我詐騙，病態到只要我發文都覺得我在影射他，雖然基本上都予以無視就是了。只是他的存在也一直提醒我「今天能夠走這麼長，並不是單純我一個人的功勞」，加上還8月份的時候原本負責我的責任編輯也離職了，所以我認為我應該更加珍惜現在的編輯和讀者，謝謝你們的支持與幫助。

最後再一次的感謝現任的L編輯（新編輯也一樣姓這個）、前任的L編輯、前前任的S編輯和前前前任的L編輯。突然發現自己換了不少編輯，我或許該反省一下……

然後也感謝各位讀者，期待下一部作品與您相見。

現階段網路連載列表：

01.身為被欺負的宅男的我只能躲進遊戲裡過起第二人生
02.棕色塵埃（手機遊戲棕色塵埃同人）
03.其實是後宮收藏（網頁遊戲艦隊收藏同人）
04.罪人系列
05.不要教壞小孩呦！

連結專區：

粉絲專頁　https://reurl.cc/yAlll
部落格　https://reurl.cc/rYnnb
Instagram　@hoppyfeng

高寶書版集團
gobooks.com.tw

輕世代 FW319
狐狸娘04（完）

作　者　哈皮
繪　者　水佾
編　輯　林雨欣
美術編輯　林鈞儀
排　版　彭立瑋
企　劃　方慧娟

發行人　朱凱蕾
出　版　英屬維京群島商高寶國際有限公司臺灣分公司
Global Group Holdings, Ltd.
地　址　臺北市內湖區洲子街88號3樓
網　址　www.gobooks.com.tw
電　話　(02) 27992788
電　郵　readers@gobooks.com.tw（讀者服務部）
pr@gobooks.com.tw（公關諮詢部）
傳　真　出版部　(02) 27990909　行銷部 (02) 27993088
郵政劃撥　50404557
戶　名　三日月書版股份有限公司
發　行　三日月書版股份有限公司/Printed in Taiwan
初版日期　2019年11月

國家圖書館出版品預行編目(CIP)資料

狐狸娘 / 哈皮著.-- 初版. -- 臺北市：高寶國際, 2019.11-
冊；　公分. --

ISBN 978-986-361-741-9(第4冊：平裝)

863.57　　108014935

三日月書版

三日月書版

GOBOOKS
& SITAK
GROUP©

GOBOOKS
& SITAK
GROUP©